謎・事件簿

——李若鶯詩集

「含笑詩叢」總序／含笑含義

叢書策劃／李魁賢

含笑最美，起自內心的喜悅，形之於外，具有動人的感染力。蒙娜麗莎之美、之吸引人，在於含笑默默，蘊藉深情。

含笑最容易聯想到含笑花，幼時常住淡水鄉下，庭院有一欉含笑花，每天清晨花開，藏在葉間，不顯露，徐風吹來，幽香四播。祖母在打掃庭院時，會摘一兩朵，插在髮髻，整日香伴。

及長，偶讀禪宗著名公案，迦葉尊者拈花含笑，隱示彼此間心領神會，思意相通，啟人深思體會，何需言詮。

詩，不外如此這般！詩之美，在於矜持、含蓄，而不喜形於色。歡喜藏在內心，以靈氣散發，輻射透入讀者心裡，達成感性傳遞。

詩，也像含笑花，常隱藏在葉下，清晨播送香氣，引人探尋，芬芳何處。然而花含笑自在，不在乎誰在探尋，目的何在，真心假意，各隨自然，自適自如，無故意，無顧忌。

詩，亦深涵禪意，端在頓悟，不需說三道四，言在意中，意在象中，象在若隱若現的含笑之中。

含笑詩叢為台灣女詩人作品集匯，各具特色，而共通點在於其人其詩，含笑不喧，深情有意，款款動人。

　　【含笑詩叢】策畫與命名的含義區區在此，初輯能獲八位
詩人呼應，特此含笑致意、致謝！同時感謝秀威識貨相挺，讓
含笑花詩香四溢！

2015.08.18

自序／隱‧現之間

李若鶯

　　一陣輕風吹過，蒲公英鋪著絨毛圍成球狀的纖序種籽，便像一支支小白傘隨風飛颺，至於飄落何處，蒲公英放下自主意識，聽任天意，植下根株在大地需要而冥冥中被安排的地方。詩人，不是我曾吐露在作文簿的志向，但是我竟幸運被揀選進入這文學的奧堂。我的詩像飛散的蒲公英種籽般因時因境而誕生、存在、成長，妝點草原，在風中快樂搖晃。

　　這是我的第二本詩集，我的第一本詩集《寫生》，由封面設計到內文排版自己一手包辦，出版於2008年，次年獲國立台灣文學館台灣文學獎新詩類入圍，同年入圍的其他七位多為資深詩人，最後獲獎的是商禽，這對我是很大的鼓勵。這個書名也揭示了我詩的趣向，文字化為色塊線條，每首詩都是我生之旅途的一幅圖景，素潔的白，溫馨的黃，奔放的紅，蕭穆的棕，苦澀的灰，憂傷的藍，寧靜的綠，迷離的紫，憤怒的黑……生命的各種顏彩交織在我的詩行中；部落簡樸的小教堂，城市堂皇的宮堡，莽原一蕊花，草葉一隻蝶，潮汐滾動的聲響，人民抗議的騷動……我所視聽感受，凡彈響過心弦的，我以詩描摹事件的形影。我的詩集，是生命風景的畫冊。

　　我相信藝術有其他領域難以匹敵的無形力量，而詩是最接近藝術的文學作品；我也認為，寫詩的人，如果他能寫出好詩，因為他放空自己成為載具或工具。當感情洶湧思想澎湃，在內心深處凝聚成一聲衝動的吶喊，他能讓這一股衝動暢快奔流，並以精鍊準確的語言表達。因此，一個好詩人，要努力讓自己處於有所準備的狀態。當詩想醞釀，你要有相當的境界使感情思想不淪於庸凡；當詩想充沛，你的語言功力必須足以負載詩意的需求；當詩想迸發，你的判斷要有足夠的力道駕馭意象的飛馬，使所有想像聯想、所有語言義涵，馴服在一個有機的聯繫脈絡下。詩，不只是自我表達，還要對讀詩的人負責，不管這讀者是特定對象，或偶然邂逅的過客。

　　秉持著這樣的信念，我盡量讓思想感情驅策文字自然浮現紙端或電腦螢幕上，是詩藉由我而自然成形現身，一如孩子藉我來到這人世，他們都不屬於我。如果這是一首好詩，部分是因為我做好了準備；一如孩子長大是好人，也只有部分因為我做好了準備，對於他們的人生，我能介入的其實不多。對於寫詩，我的生活態度、人生觀、閱讀和思索、閱歷和涵養，都是我該經常反省蘊積的準備。而我要承認，對於某些內在的吶喊，我已有所準備，而另一些吶喊，我的準備尚未具足。文字的儲蓄筒阮囊羞澀，意象猖狹或視野不夠高曠的情形仍時有所見。

　　這本詩集中的一部分選自《寫生》，因為如前所言，我的詩是我的生命圖景，而我的生命體驗反映了時代風潮和社會現

象，換句話說，我的詩，紀錄了我的生命流程和時空移異中
的重要社會事件，我希望只讀這一本詩集的人，也能窺知一
個比較完整的靈魂，和認知、回顧社會的歷史變遷，這是詩
集名稱標舉「事件」的因由。想達到這雙重目的，重複選詩
便是必然。從第一本詩集到二本詩集，我的詩，從比較廣域
的風景，縮煉為事件的紀錄，完整表達我對人生與社會關懷之
面向。

　　詩人在事件中思索存在的命題，事件是寫實的，有其時
空的經緯，但詩不是小說散文，不以情節的敘述和摹寫為
追求，而是隱身在意象背後，呼之乃出。藉著意象的象徵比
喻，使以紀載事件為主的詩，在寫實與印象之間取得平衡——
顯露與隱晦之間的平衡。詩顯影詩人不輕易示現的靈魂，為避
免詩人的靈魂赤身露體，令讀者一覽無遺而失去探索的欲望和
興趣，也為了追求隱秘與顯豁的平衡美學，達到霧裡觀花的綽
約效果，詩人給靈魂披上意象和修辭的衣飾，使詩意在讀者和
詩人之間有了謎語般的距離。詩於是成了意象的舞台、語言的
展場。

　　意象是詩人個性的符記，不同的詩人但大同小異的情意思
惟透過意象營造，浮現高下懸殊的差距。語言（或說文字）是
意象的載具，語言夠豐富，意象才能層出不窮，變化萬端。
文字是謎面，意象是謎底，讀者是解謎人。讀者透過文字的
參詳，領會求索意象所表徵的義涵，從而參與了一首詩的完
成。寫詩最有趣的是創造意象的密林，讀詩最有趣的是找到

穿越意象密林的蹊徑。密林有若干小徑，詩人掩翳在意象中的隱喻未必和讀者所解讀的一致，甲和乙也不見得走上相同的曲徑，這種不一致性，正是詩允許讀者自由進出的空間。讀者可以經由對詩意象之義涵的延展或增刪，使一首他者的詩，成為自己遨遊的秘密花園。也就是說，當讀者穿過這座意象密林，回顧所來徑可能看到的已不是原來的密林，或者竟是自己邊走邊改變了密林的植栽和範疇。這就是詩所以引人入勝之所在，每個人都可以在其間探訪別人的靈魂或是尋找、再認識自己。詩如果不能照見詩人的靈魂，觸動讀者心弦，將只是一朵隨開隨落的花，它的綻放，也就是它的死亡。

感謝李魁賢前輩邀請我加入含笑詩叢。

我的詩，我自己認為，節奏韻律的音樂性是重要特質，請讀者輕輕誦讀，讓字句在您舌尖滑過，如果您喜歡，是我的榮幸。

目　次

貓の物語

沒有什麼季候比現在　更宜於
清晨　獨坐
院子裏看越境的貓在草地上玩耍
黑色的貓　比
黑絲絨黑天鵝黑夜
黑的
貓
草
冬天晴日的草　不比
秋天夏天春天陰天雨天
黃的草

寒流的包裝紙四面掩過來
細菌凍殭因而乾淨的清晨
獨坐
院子裏解讀報紙
三反和反三反
三通和三不通

新三權和舊五權
貓　表演一個漂亮的撲捉
草際　一點鵝黃飛起

冬天草地上特有的蛺蝶
可憐冬天特有的嬌小
被蛩音吵黃而不是被歲月炒黃的草地上
鵝黃粉紫淺橙星星點點
草葉亭亭夢想
冬天最後怒放的花蕊

然而

貓是如此耽溺於遊戲
牠也許暫時走開
像詩人漫步花壇
優閒地數夜來風雨花落多少
學松鼠躍上一身鄉愁瘡疤的南洋杉

模仿貓頭鷹專注地給樹看病
用那對
對什麼都懷疑的眼睛

然而

貓終究耽溺於遊戲
略弓著身子
臀部翹起向後伸展
　　網球選手凝聚腰力
尾巴搖兩下
後腿輕輕一蹬
　　立定跳遠選手蓄勢出發
瞬間彈起　　撲下

冬天的蛺蝶
冬天特有的嬌小
載滿四季煙塵的沉重

什麼都來不及了
報紙沉默不發出一絲聲音
　　　校長抱臂站在樹蔭下看著學童嬉戲的心情
帶著微笑
　　　看貓玩撲殺遊戲比看選戰殺伐風雅的微笑

鉛色的目光
黑色的貓
鵝黃的溫柔的花蕊一般的蛺蝶
追逐　　撲捉　　逃逸　　追逐
撲捉　　逃逸　　追逐
撲捉
還沒被陽光熨燙的草殘留夜的體溫
柔軟的泥草地
柔軟的貓爪墊
哲學家的夢境是個敲不開門的城堡
一次比一次笨拙的飛逃
一次比一次慵懶的彈跳

終於

貓優雅地走開了
只是一場冬日清晨早餐前的遊戲
何須如此倉惶
蛺蝶亭亭草尖
蝶翅的碎片和著露水和著來春的香泥
冬天一朵已經開過靜靜等待風來萎落的花蕊

終於

什麼都來不及了
報紙散落一地
一地等待狂風暴雨收拾的殘局

【附記】
1992年年底，選戰酣熱，壓境的寒流也無法降溫。一個
濛亮的清晨，坐在院子裏就著還帶點紫灰的天光讀報，
一隻不知打那兒來的黑貓在草地上追著蛺蝶戲耍。

戀歌詩（台語詩4首）

1989年暑假，曾到美國佛羅里達的姊妹大學遊學，有一場美麗邂逅，情誼延續八年。這幾首詩寫於1993。當然，文學和真相之間有著謎樣的距離。

1 春風

轉來以後
春風滿面
佇秋天應該落葉的時陣
做一場春天的戀夢
春風
著吹介滿心滿面
到底是伓是應該
暢飲這杯醇醇的燒酒
到底是不是好代
愛一個人愛介深入心肝內
伊講

人生是真短
我想
這款的感情嘛無什麼通後悔
將春風吹開的花蕊
種佇生命的窗仔門前
一生一世的清芳

2 含笑開佇夢中

聽兮講
爬過泰山的人
別粒山攏無夠看
聽兮講
看過HAWAII美麗夕陽的人
別位的夕陽
攏免想吸引他斟酌的目珠

只是心聲

佇是文章

只是解破心事的密碼

一個赤身露體的靈魂

一粒無梳粧打扮的心肝

一份無加味素搵豆油的心情

摛開

佇愛的面前

鐘聲響起十二句

是你的日時

是我的晚暝

電話彼頭過海來的聲音

撞破兩爿相思的鏡

時間共空間的牆籬紛紛碎去

碎落無影跡

你知什麼叫做　日　夜　東　西

今暝
夢中有一蕊
開介嬌噹噹的含笑花
你的
我的
咱的清芳
含笑開佇兮夢中
有醉人的清芳

3 孤夜

良宵一寸豔，回首是重帷。

——李商隱〈如有〉

自從無你的肩胛頭通好枕
要睏的時陣
著翻來翻去

不知要倒這面
抑是睏彼面

甘願做你的抱枕
儃儃偎佇你溫暖的胸前
聽你心跳的聲音
聽你喘氣的聲音
親像底招呼我進入共一個眠夢
輕　輕　輕輕
我著安心儃儃睏去

自從無你的肩胛頭通好枕
眠床甚大
枕頭甚碇
棉被甚薄
時鐘的滴答聲　甚響
夜
又擱甚長

【附記】

這首詩，從李商隱的詩句發想，有一種閨情的普遍性，
2014年在古巴和智利的詩會中，我選為朗讀詩之一。也
請人譯為西班牙語，附錄於後。

Noche de soledad（西班牙語）

Desde que no tengo tus hombros como almohada,

a la hora de dormir,

doy vueltas,

sin saber de qué lado tumbarme.

Quisiera ser tu cojín,

y yacer en calma,

tumbada en tu pecho cálido,

sintiendo los latidos de tu corazón,

escuchando tu respiración.

Como si me llamaras

para entrar en tu mismo sueño,

poco a poco

me quedaría dormida plácidamente.

Desde que no tengo tus hombros como almohada,

la cama me queda demasiado grande,

la almohada la siento muy dura,

la manta me parece muy fina

y el sonido del tic tac

me resulta tan ruidoso,

que la noche se eterniza.

4 想你的心情

想你的心情已經漸漸淡薄囉

是怀是秋天的夜甚短

夢就緊醒

是不是冬天的氣候甚冷
發燒緊退

記憶
親像一杯放冰角的威士忌
啉到要焦的時陣
只存淡薄仔的酒味
親像一場看幾爾遍的電影
感動的笑聲
那來那稀微
親像第三泡的茶……

酒放久就漸漸淡薄
茶隔暝就失去了滋味
想你的心情
日頭曝繪乾
風颱吹繪散
大雨沖繪熄

壓縮佇心肝底秘密的門後
只有我知影
只是等待你來拍開
做夥來品賞
醇醇的酒共茶的清芳

想你的心情
是一張寄繪出去的批
是一寡仔講繪出嘴的話

靜物

蘋果

渾圓　紅豔

一個被放逐的誘惑

流落在夢境深處

你一口

我一口

唇瓣相接

靈魂濡沫從此沒有距離

瓶酒

陳年是一種咖啡的色澤

像逝去的……渴望嗎？

用封藏的心事釀就

標籤模糊印著

一九？？年份的寂寞

高腳杯

總是在等待

等待注入

等待填滿

等待撫觸

等待唇印

等待沉緬

等待清除

等待全然的空白以及

透明

黃玫瑰

啃過紅蘋果之後就

只能送自己一莖黃玫瑰了

戴著含苞的面具

溯著枝莖怒張的刺太明顯

想當年曾刺傷畫它的手

血滴在酒裏
調一杯心事的口味

燭台
因為還沒決定盛紅淚或白淚而空著
鬱金香型的燭台歷經長期的遲疑乾渴成
古銅
沒有擦拭之前
看不出鬱著湛濃的金香

桌布
攤開來正好覆蓋斑駁的桌面
有美麗的流蘇
米色的矩形陳列著
右下腳的蘋果左上方的燭台
酒瓶和杯子中間斜著一支黃玫瑰
打包　再攤開

仍舊是這些東西
只是都移了位

人生的舞台是一張桌布
等候命運的藝術家陳列靜物

【附記】

有很長一段時間，我都獨自一人在研究室用午餐，配菜
是一本本畫冊。幾乎所有畫家都有多幅靜物畫作，我在
翻閱中體會，生命不也是一張桌布，人生或許是一幅直
至死亡也未能完成的畫，但我可以做自己命運的藝術
家，布置我想繪象的靜物。詩作於1995年，後來，大約
在1999年前後，我甚至到高美館當了二年的導覽義工，
體會藝術、文學和生命的交織。

不再

我知道
一向都知道生命的真象
草尖上的一顆露珠
在朝陽溫暖心坎的瞬間消失
海灘上的一粒塵沙
在潮水舔吻裸踝的瞬間迷路
一個等待成形的琉璃
在失手的剎那破碎

我不知道
如此難以承認
甜美的笑靨　不再
會意的眼神　不再
飛揚的壯志　不再

我竟然不知道
空著的座位將永遠留白
青春

是這麼短暫
甚至來不及讓一朵開了一半的花朵
綻放

【附記】

1996年年初寒假期間，惡耗傳來，高雄師大四位女學生
在美國大峽谷遇難。其中一位正在修我的課，我研究室
牆上猶貼著她出發旅遊前捎來的卡片，寫著感恩問候的
話語。追悼會那天，我為她們朗誦這一首詩。

相送（嵌名詩）

總是玫瑰的緣故吧

黃的　紅的　白的　粉的……

繽紛在一起

在詩的道場裏

一起沐浴夏日霖霖的瑞雨　　（瑞銓　瑞明）

總是野菊的緣故吧

大理菊　波斯菊　茼蒿菊　天人菊……

芬芳在一起

在詩的國度裏

一起傾聽午後南風的噓息

咖啡館我們的教室

童真我們的心靈

啟原我們已然萎縮的夢土　　（啟原）

德盛我們節節敗退的青春　　（德盛）

松音在耳　　（松音）

惠螢如星　　（惠螢　明星）

睡過紅塵的珍珠寶釧　　（珍珠　寶釧）

於今

醒著炯玓秀潔的珠光　　（炯玓　秀珠）

彷如

瓊琳後的璞石　　（瓊琳）

幻如

夜火照亮黝暗的長川　　（火川）

驀見

桂香洲渚　　（桂洲）

蒼翠娟好　　（翠娟）

崎蓮華美　　（崎蓮　美華　立華）

雲麗蘭貞　　（碧雲　敏麗　鳳蘭　素貞）

樹葉典藏微風

梅花典藏冰雪　　（吉梅）

我的心　典藏這一頁記憶

血的山脈　因了詩的虹吸

英俊地隆起光榮的峰頂　　（和俊　俊隆　義榮）

思的雷射　因了鏡的反折

痙癒了曾經的滄桑瞽戾

文彥永章　也許毋須在意　　（文彥　永章）

正心清榮　是金質的標記　　（正心　清榮　金標）

在詩的領地裏敏捷地迎接凱旋的童年　　（敏凱）

在童年的清池裏玩一場　　（清池）

赤裸而安全的遊戲　　（安訓　全安）

別離的琴歌終將揚起　　（美琴）

進福添財是誠懇的祝意　　（進福　進添　榮財）

昭仁淑媛是共勉的期許　　（昭仁　淑媛）

讓我們平和地互道再見　　（平和）

如萍聚如雲散　　（瑞萍）

讓我們各自昇自己圖騰的旗　　（昇和）

並且刺青在對方心版裏

讓我們釀一罈蜜

於　這一重逢的詩季

添注在秋天發酵的流裏

我們將同醉　在遠方　　（遠志）
當彼此記憶

【附記】

大學任教期間，我因身為單親母親，想多一些時間陪孩
子，也因常利用寒暑假出國旅遊，甚少接暑期的課。
1996年夏天，教授研究所暑修學分班現代詩課程，與來
自全國各地中小學的學員相處甚歡，期末以詩贈別，嵌
入四十五位同學名字。

綠島連章（5首）

1997年暑夏，友朋相邀綠島渡假，目睹一樁情事
的發生、開展，和回來之後必然面對的結束，感
而成詩。是綠島嗎？綠島也許只是個代名詞，為
了故事的美麗或是為了隱藏謎底。

1 風景

動脈靜脈蜿蜒泥土深層
凝佇便是樹嬝娜成風景
風流過
濤聲流過
思想流過
方向的爭執留給葵花
意義的話題交給螻蟻

月光澆溉善變的陰影
雲霞偽飾不經意的眼睫
鳥囀循著耳殼的螺紋烙印

某種感動醞釀　發酵
火山適在腳下
熱流由趾根貫向雲霄
某種與天等高的想望
飛翔

光合之後
落葉紛紛暴走
拂過你炭化黝黑的臉龐
我們遂是
彼此記憶相簿的一景

2 除了愛情

……回來之後
便得了一種怪疾
燒到沸點而
冷到零下

時而絮絮自語如浪
時而沉默如碑
時而勁走如掃過荒原的狂風
時而緩步如遲留山巔的雲
視而看不見來往的風景
聽而聞不見市囂雷鳴

這病以前得過
只是這回症狀不輕
群醫束手
佛洛姆說
相思無解
只除了愛情

3 回響

我對著群山呼喚
群山回我以雄壯

我對著大海歌唱
大海回我以浪漫
我仰望天空
天空投我以雲影霞光
我澆溉一棵樹
知道
樹將醉我以泌泌花果香

有聲音在響
像裂岸的巨濤
像驚蟄的雷鳴
像雪崩像崖斷
卻──沒有回響
因為這聲音
封鎖在肋骨的銅牆

渴望呼喊
渴望回響

將發燙的聲音
從心房釋放

4 愛情是一道摺疊的光芒

命運如此荒誕
感情的版圖毀於妄想
不能擴張的想望　囚禁
在別人演出的劇場

精心譜寫的生命樂曲玷於
命運塗鴉的一章
從此喑啞　如聾似盲
如聾似盲的心靈
仰望記憶的天光

滿桌盛筵皆非為我擺放
嚐不到弱水中唯一的一瓢啊

舌上的花蕾　選擇殤亡
苞在唾沫的餘溫裏　諦聽
曾經的交響
只能　只能獨自啟航
在未知的遠方
將未完稿的小說
永遠埋藏
大海深處　黝黯
愛情是一道
被無望的書頁摺疊的光芒

5 葬禮

歌聲終於響起了
起初只是細細地
像來自地底的喘息
漸漸瀰漫整座黝暗的森林

挖深　挖深　再挖深
挖得更更更深
我看著棺木緩緩埋入深深的地層
沒有花瓣覆蓋
沒有撒花的心情
堆壓　堆壓　再堆壓
夜色和烏雲的塵土重重密封
永世不得復生

落葉你不要飛
冷風你不須吹
一個人出席的葬禮
看著春天的棺木
緩緩緩緩緩緩地
下墜

我依然在流浪

來日綺窗前，寒梅著花未？

——王維〈雜詩〉

從十年前的櫻花中你走來
港口沉默蹲踞
春帆帶雨消逝在海霧裏
行囊沉甸甸是提不動的滄桑
眸光交鎖
往事被點醒如暗夜煙火
白駒躍過肋骨的牆籬匆匆來去
揚起的蹄塵有老檜的陳香新柿的青澀

起出封藏石頭下那瓮花雕
翻閱3×5或4×6的記憶
唉　不過一些被鏡頭切割的黛綠
在穿梭的唱歎中
努力尋找遺失的圖籍
好在酒後循著原路回去

明天你會重返久違的故里

如果窗下那株桃花問起

你就　你就

請就這樣告訴她

我依然天涯浪跡

【附記】

1987年，我選擇結束婚姻，選擇做二個孩子的單親家
長，從此我的感情意向就成為親朋關心的重點。1997
年歲暮，旅居日本朋友某回國探親，特來相訪，詩此
為誌。

落雪
——1998暮春為父親寫的輓歌（台語詩）

講熱天繪落雪
是因為未經過

阿爸要遠行的時陣
草青青　花紅紅　鳥仔飛來飛去
南台灣的日頭溫暖親像往昔
阿爸半暝啟行
斟一杯鹹鹹的月光　給阿爸餞行
天暗啉到天光
啉到銀河枯焦星攏睏去無閃爍
唱一首芳芳的梵讚　給阿爸伴行
天光唱到天暗
風未憺樹已靜煙未冷燈既熄
掠一把甜甜的日光　給阿爸照路
阿爸你著順順仔行
此去平平安安無病無痛
日光霧霧　抑是阮目睭罩茫霧

送別的呼喚輕輕　　驚擾亂阿爸你的腳步
送別的淚滴輕輕　　驚沉重阿爸你的雲帆

天公伯啊要落雪就落雪
怀管季節已經要南風
怀管草凍華痛鶯燕啼
冷冷冰冰的雪直直落直直落直─直─
落‧‧‧‧‧‧‧‧‧‧‧‧‧‧

【附記】
父親在58歲罹癌，1998年3月24日辭世，距生於1927年
享受僅72歲。父親是受過日本教育的紳士，輕利重義，
我們三姊妹二兄弟迄今和樂無間，安分守己，得自於他
的身教。此詩為父親出殯之輓詩，「華痛鶯燕啼」嵌入
我們三姊妹名字。

情書花腔（5首）

1992在美西邂逅開始譜下的交響曲，綿延續斷，
到1998年已近尾聲，有如一年歷經四季輪轉而歲
已遲暮。其幻變如雲，聚散亦如雲，散去便無餘
跡，只存回憶。回憶經過時空之手的塗脂抹粉，
總是特別豔美，竟似樂曲中的裝飾音，有令人印
象深刻的高亢和華麗。

1 春天情書

愛人足下
昨夜想像自己
是利劍斬絕所有對你的思憶
是盾牌剋制所有你意圖的侵襲
是蜜蠟封堵所有開向你的縫隙
醒來發現自己
是一棵樹開無數期望的花
是一隻蝴蝶摘下翅膀送你
是一潭水顫動為拂波的柳條

是草在春天
繞著你的足跡蔓向天涯

愛人足下
季節滾動如昔
生命脆弱而又美麗
我們裸泳
在光之流　風之流　沙之流裏
光陰將腐朽我們的鮮血
流言將膨鬆我們的距離
沙塵將荒涼我們的生意
小小的猜疑的刺
讓我們一一地拔除
蒸餾後的青春
滴滴清純又香甜
讓我們以夢的針線串縫
在一切莫名地凍斃而
我們化為魍魎之前

織好輿圖
生生世世互相覓惜

愛人足下
燕子呢喃因為愛戀
櫻花坼苞因為春天
春天第一個月圓的日子
北極星宿齊亮的時辰
我在
松蘿初初邂逅的湖畔
等你

2 夏天情書

愛人足下
月亮又圓了　分手之後的幾度
心一直安在赤道
這裏晝長夜短

想你總是在清醒中
因為溼熱而快速成長的霉菌
堆疊成你巨大的身影覆蓋一切
四洋的風總也吹不散
肚臍下一掌之際噴發的熱
火山口等待著一管塞火的天柱
雖然思想的地心不可能冷卻

愛人足下
聽說有船正要啟航
載著奉獻的花朵　和
歃盟的醇酒　和
滿滿的月光
請張起
繡著我們星座的
夢的桅帆
請依循命運的羅盤

我們終將找到彼此　並且
繩股交纏

我將隆起我的豐腴
准許你靠岸
插上你的旗幟
刺青你的圖騰
酣舞古老的旋律
輕唱
絕無僅有的無調之歌
當涎唾使火柱降溫
我們就憩息
像踫觸後的含羞草
葉葉聚攏相依
像兩個颱風之間的
平靜　　以及……

愛人足下
我們都噤口不要提
不要提
在我的潮溼溫熱裏你醒來
且我舔著唯一的巧克力
在你的數度堅持之後我睡著
且你悠遊在腫脹的三角領地
我們都不許提
秘密地　不許提……
我們窩藏在赤道的秘密遊戲

3 秋天情書

愛人足下
秋天來了
雲絮碾得薄薄淡淡的
天空刷得清清亮亮的
總是有一股香息氤氳在四周

來自心靈深處的金猊香爐
那裏繚繞著思憶的煙霧
那裏蜿蜒著未來的告示

如何褪盡你文明的衣衫
如何洗滌你蒙塵的肉體
如何柔軟你奮張的筋脈
如何包容你堅挺的自大
如何舐嚐你酒味的酒味的……
啊，如何
如何在交響曲最高的音符裏淹沒
死亡
以及
再生

愛人足下
你必然明白
這只不過是個餌

為了釣誘深谷唯一的回聲
打破子夜孤懸的岑寂
通電我的手
滑過身體的丘陵盆地
火花絕緣的肌膚
昏迷清醒的心智
彈響喑啞的心絃

我們甘美地嚥下
彼此
當復歸岑寂
並且不在意
所謂裝點的意義

4 冬天情書

愛人足下
臨窗望出去

草地上躺著昨天夜裏飄零的
今年最後一朵鹿角花
我曾坐在陽台一隅
看著那自重的鵝黃在
晚風中脆弱似羽毛
以華爾滋的抒情
旋墜
彼時月光亮如白晝
如某些萬千燭光的記憶

記憶裏某些情節華麗如探戈
當我們枝莖連理
僅在靠近天空的地方留一線
呼吸的空隙
slow--slow--quick-quick-slow--
我們顛覆在每一輪迴的節奏裏
也許變奏慵懶的倫巴
指尖開出朵朵嫵媚的花

心臟隨著每一勾勒的橫∞躍動

彼時星星繁如雪花

紛紛包圍我倆

也許我們穿插恰恰

膜拜每一起伏的裝飾音

也許調整為快步吉魯巴　或者

一口氣跳到音樂停止才能再度呼吸的捷舞

我們排除以策安全的迪斯可

我們跳黏巴達　而

最後一支舞曲恒是

聲帶共振奏鳴的

阿哥哥！

愛人足下

東北季風凜烈

北雁早已南歸

歲暮是互相餽贈的時候

禮物請循著林布蘭特的眼眸覓取

冬天是典藏的季節
記憶封藏在達利的抽屜
鑰匙放在維納斯的貝殼裏
如你所熟悉
愛人足下
附上
一瓣晨來初綻霑露的紫藤
還有一道謎題：
北回歸線以南
沒有冬季

5 末了一信

愛人足下
一切都慢了下來
像火車擱淺前洩氣的蹣跚
像唱機電流耗弱時掙扎的樂句
時間老人的女兒節節進逼

我們沒有足夠的柴薪　驅除
空氣裏浮漲著的陰毒寒意
而你叛亂的細胞
卻儲存過剩的燃料
獻給敵人
焚燒寸寸失守的生命

不知節制的收縮壓和舒張壓
威脅著日益淤塞的脈管
迅速蔓生的腫瘤
蠶食著日漸僵硬的臟器
初雪的髮匆匆飄零
初霧的眸光芒謝盡
握你碧潤交錯的手
生命的拔河
我已失去先機
撫你溝渠縱橫的臉
捨離的唄唱

我已準備就緒
仙人掌總是開出最鮮豔的花蕊
荷蓮亭亭水中沚
我們不能輕易摘取
遙對
是終極的美麗

愛人足下
劍歌已歇
華宴將殘
月圓從此只是諷刺
花開從此只是歎息
此去無陰無晴無風無雨
請記得封印我們的誓語
切莫輕飲孟婆虛偽的甘醴
請慢慢走
在河的對岸
相候

愛人足下
這是最末了一信
燃燒之後
無數黑蝶飛起
在蒼穹排成一行字：
　　　　　　我
　　　　　　　依
　　　　　　　　然
　　　　　　清
　　　　　新
　　　　愛
你

【附記】

〈末了一信〉詩中許多情景，摹寫父親過世前景象。父
親臨去前數年，偕母親住在我家，白天由住隔壁的大
姊和弟弟、弟妹照顧，長兄每早晚必來噓寒問暖，直到
去世。

我說不出話
——弔九二一集集大地震

母親在一次陣痛中暈厥

黑暗沉落下來

箍禁的惡靈被釋放

砸毀鋼筋鐵牆

割裂道路山川

沖蝕所謂意志和剛強

並且

生飲我兄弟姊妹的鮮血

嚙啃我伯叔姑嬸的肝腸

我看到他們在後院無知地嬉戲

咧著獠牙不斷發出桀桀怪笑令人悚慄

將花園裏的橙紅粉綠連根拔起

揉成一團隨手棄擲一地的狼藉

我看到他們在我母親的土地上

顛狂舞踊

踹踢母親布置的亭台樓閣彷彿推倒積木

踩踏祖先遺留的名山勝水彷彿再造渾沌

框在客廳裏的姊妹容顏
再也笑不開春天
　　雖然我永遠記得曾經芬芳花朵的綻放
垂掛書房裏的風景卷軸
再也回不到當年
　　雖然我可以臨摹複製假裝不曾有任何事變

母親在一次劇烈的陣痛中暈厥
我感覺著她的痛
我沒有說話
我只想做點兒什麼
撥開雲翳請晨曦進來點亮母親的瞳孔
趕緊種樹招鳥兒歌唱甦醒母親的耳朵
清理傷口使土地結痂復原母親的脈管
或者　僅僅
在她半傾圮的窗台放一株玫瑰
讓她醒來時看到希望
伴著幾朵遠方摘來的白色茉莉

讓她在芬芳中醒來
或者　僅僅祈禱
她早早醒來
她將安慰於倖存的子女以及子女的子女以及⋯⋯
子女的圍繞環護
而我們將跪著接受她的重新哺乳

【附記】

1999年9月21日子夜，在搖晃中醒來，不知天高地厚地
再度睡著，翌晨方知震央在中部集集附近，震級7.7，
死傷塌毀難以計數，是台灣百年來最大天災。本詩寫於
是年10月初。「黑暗沉落下來」為向陽詩題，乃偶合，
時尚未見其詩。

感到盡頭

面對一成不變的生活，感想是一片茫然
所有感官皆已遲鈍
感覺不到所謂溫暖所謂愛所謂炫所謂酷所謂ㄅㄧㄤˋ
一股椎心的冰鑿，正凌駕所有曾經的感受
請原諒當零度以下的思維不被任何熱鬧感動
畢竟春花不會綻放因偶然的感遇
如果感到時機未到

這樣的話語是否使千噚風頭的你有所感悟
一如
夜空裏獨自閃爍的星星總是捻亮我昏昏欲睡的感興
或者如
一滴朝露無意的晶瑩使我剎那感奮
也許僅僅是一絲輕微的感觸
像蜻蜓纖細的趾頭戲弄水面喚醒的漣漪
像沒有風的日子靜靜劃過下午直直墜入黃昏的落絮
或許更像
亞馬遜河航船上某個水手的噴嚏或者西伯利亞某個獄卒

百無聊賴的呵欠
畢竟這是個拒絕感發的年代
如果心是將硬未硬的化石

流水感念高山贈送歌唱
花朵感謝大地回報芬芳
星辰感佩太陽折灑光芒
我們只是感傷
曾經付出卻被忘卻如晴天之雨傘的施捨
曾經珍惜卻被草草撒走如飽食後甜點的愛情
曾經被魚目混珠的忠誠
曾經被封鎖在深深院落的期盼
所有感思的消逝的昨日啊
猶如你行李中運往太空的晚霞
不再重複
心的影印機卻不斷重複輸出往事
蒼白了來日

畢竟蟬釀不出一季的高吟
如果沒有七年的蟄伏

也許這樣的結局會令你有些感慨
感歎必然猶懸垂在綻放的玫瑰背後
風乾後正好拿來當書籤
壓在被風掀開的那一頁
正好遮住感懷的那一幕描寫
是的，我們都已失去感應的能力
畢竟茫然一片感想
如果一成不變生活

【附記】

我們常迷失在同義、近義詞的網絡中，本詩以與「感」相關詞語入詩。詩題與首節末行「感到」，均有單音、複音的雙關義。兒時作文簿上寫下的志向，成為成年後的笑談，青年時一些與天等高的理想，最終可能也只是一場場不堪回首的白日夢。對學術，我曾想編寫一本析解台語語法的書，一本以新詩語句重譯的詩經，一本適

　　合少年童孩讀的現代詩，而都胎死腹中。對詩，我曾著迷於單詞組構成複詞的千變萬化，意圖以一些動詞為主題寫詩，但也只完成這一首，其他的，老天賜福，舊夢依稀，有俟來日。

君幸

耳杯淺淺

浮漾著娥影如淡掃的眉彎彎

黛綠篩漉自曾經的歲月足以酣潤焦渴不知其幾千萬紀的喉頭

順流撐開日漸壅塞的脈管在心的荒原燎起一把把野火

我們在火光中頰顏細數

江村蜿蜒過蓮霧樹直下五里的阡阡陌陌

以及

腳印早已漫漶於風霜的阡陌

額際躲躲藏藏於流海的阡陌

餞年的新醅三杯之後便久久地擱淺在

那年七夕的銀河飛鵲

目光如夜色封鎖

皮質層將睡未睡

君——幸酒？

漆盤圓圓

菜非空心

舉箸挾起壓在笥底的青衫你曾著過

彷彿舊香襲來在風雨之夕我曾披過
豆似相思
是紅是綠是四季長長以為地老天荒
是彎是扁是甜甜以為當年花下對酒
加鹽調醬才耐咀嚼　我說
我喜歡的還是原味　你說
煲過蒸過煎過熬過炸過烤過燜過燉過的
一尾魚躍上你眼梢
游動為今晚終於自動醒來的天光
甘為你素手作羹
君——幸食，

燈暈曖曖
一盞斜斜如春燕翩翩乍來
穿透九天雲靄終於在此桃花心木樹椏
垂掛成歇息的姿態
背影拖負黑暗包袱鼓脹著秘密
唉　只不過一些無須在意的情節

粉紅玫瑰仰臉張望
你不曾模糊的容顏
露水側耳傾聽
我早已卸妝的心聲
月與燈眉目交談
君——幸光。

拚我一生盡君今夕
君——幸歡！

【附記】

2000年元月17日，與友朋相偕參觀故宮漢代文物展，有感於篆刻著「君幸酒」、「君幸食」之酒器、食器及一盞飛仙油燈，想像燈下相對美酒佳肴之情景而成此詩。末句脫胎自牛嶠〈菩薩蠻〉詞：「須作一生拚，盡君今日歡」。

有贈
——隱題詩

書託付給雁足的時候荷花開始笑
劍檻拓印的封泥請用雲濡濕輕輕揭去
飄飛的言語緘藏一枚秦時的明月
零落白如故香如昔
也許雁會迷路在萬紫千紅失足在千山萬水
是獨是偶是相逢是錯過莫不是一拈花剎那的
緣會

看不見的總是被遮蔽於看見
海的外海的外海的外海
的盡頭遙遠的歎息聲是什麼是不是風雨吹襲佇候著雁書的
人立成一截等待收割的竹竿

不一樣的夢境長養
同樣的囈語南極到北極白種到黑種昆蟲到爬蟲
就在巫婆的藥缸淬煉成一帖古典的明月
是用桃木煨過桂枝灼過荳蔻煙薰過滾落溫柔的唇舌便

大起來且流霰篩花如
同漢洛陽唐長安宋汴梁的元宵

樹一棵影子在沙灘上面向北方
和風鹹著醃漬過的記憶
人字掠空逝去
生分的招潮蟹不知如何啟動潮汐
的閘門沙上胡亂書寫的所謂
情語如果因為月光而有
趣　不過一聲雁起飛時的嘹唳

【附記】
2000年元月素昧某自遠方寄贈其著作，以書中分輯標題
嵌句首為詩回贈。

世紀末驚歎

噯唷！終於來了，這白髮蒼蒼的老頭

從嗟乎的莽原跋涉山也水乎經歷饑矣凍哉

終於來到中正紀念堂的廣場

鴿子咕咕指揮人群排列 Ｙ ⅡＫ

他擠過 Ⅱ 的縫隙咦呀推開人群東倒西歪

撞倒草地上肅立的孔子咳孟子噫荀子吁韓非子咄

墨子伸手欲挽讓老子嗯哼給拉開

莊子負手看著天空伊伊唔唔的花菜雲朵

　　（一隻蝴蝶繞著他辨識真相）

　　　獨自一個且以為不過颯然風過曠野

　　　告訴他們可能下雨卻沒有一個人在聽

釋迦牟尼和上帝在西邊走廊對奕

耶穌在東側幫默罕穆德粉刷獨立宣言並塗上許多嗎呢吧

南邊走廊陰影裏玉皇大帝和關老爺忙著排輪值表

他們都沒有看到事變

北方撒旦和三六黨員目睹一切嘿嘿微笑

祭典開始

嗚呼　尚饗

論語的冥紙在微雨中辛苦地舞著狐步

線香在撐著嗡嘛呢吧咪哄的傘頂啊—啾

聖讚的歌聲是一團桑德堡的貓足

嘿嘿長大成嘻嘻膨鬆成哈哈

哎呀！怎麼就要走了呢那玉樹臨風的少年

以上是我在一九九九除夕夜封禪大典所見

我沒有多餘的時間驚歎　實在沒有

脫下漬溼的裙裾急急去追趕

喂！我來了

那玉樹臨風的少年

【附記】

1999年歲杪，舉世翹首等著迎接第二個千禧到來。也正好是我行將邁入寓居人間半世紀之年，瞻前顧後，盱衡世態，有感而賦。西方傳說裏，三個6圈圈相頂排成環狀為撒旦象徵，故有「三六黨員」一詞。「貓足」用借代格，典出桑德堡名詩〈霧〉：「霧來了，小貓的足」。「玉樹臨風的少年」代表希望的清新未來。詩成於次年2月春節後。

想飛

　想

飛

　想

　逃亡

　帶著失根的珊瑚

　隨著西天的彩霞

　造訪貝殼的故鄉

　想

飛

　想

　私奔

　伴著秘密的情人

　乘著逆轉的流光

　回到童年的淨土

　想

飛

想

玩一場狂野的遊戲

和

……

你

【附記】

2000年春節後某日，好友L騎機車相載去西子灣看夕陽
觀潮，L也是單親母親，彼時正為愛情患得患失。

春蝶

蝴蝶一生花裏活，難制竊香心性。

——史達祖〈賀新郎〉

波濤洶湧
每一水滴折射的晶瑩恍如風過萬葉不定的閃爍　都是
膩光的蝶粉
在衣襟尋找智慧漂白的翎羽
栽植於偶然被風噓開的一詩頁
花季再來的時候
詩句將孵化成只有黑板樹在去春用手指讀過的一篇小說
梔子花若宣稱知情不過一段草葉暗夜覆誦的耳語

心
懸垂於一百多種之一種榕樹的根鬚　千根千年千噚
在蕭蕭晨風中忐忑
一顆露珠終將滑落
當如鏡的池面準備好沸滾漣漪
獨行的雲也會

偶爾停駐為峰頂一枝椏伸向蒼穹的樹

聽任

來往的風將眼耳鼻舌身意吹成

綠色或紅色

三角形或平行四邊形

火或者雪

軟泥上一前一後的足印　走成並排

在轉彎的地方疊成運命或緣會暗中鋪就的情節

辛棄疾排撻一推

遍野盡是史達祖的蝴蝶

親潮和黑潮齊聲召喚

所有出走的溪流回歸

下一個浪頭捲起時

珍珠和海星同時失去光芒

叫做薑花或叫做月桃沒有什麼不一樣

蛙鳴昇起
露珠墜下
一朵玫瑰隨波逝去
航向天狼星的方向

【附記】
2000年暮春，聆聽L述其情事，當局者迷，旁觀者以彼心不一不可深涉警之，詩此，亦感情謎題之一也。

夜山行
——夜登北大武山不成

四月雪花開的時候　切莫

打擾我夜晚獨享的謐靜

白日跫音的紛擾　人語的喧嘩

我或許無計可施　但是夜晚

嚇嚇　夜晚是我作法的時刻

你們若驅吉普來

我攤開嵐霧成平地

將你們誘引入斷崖

你們若騎野狼來

我拗摺蹊徑瞬間起伏如波浪

漢子也會顛躓摔傷

你們車行而來　將

推車步行而返

即使妳柔聲的祈求使我心動

我揮手止雨讓新浴的圓月踱出雲層

甚至點亮幾盞星輝增添妳眼中希望的光芒

但揭毀叢林的禁咒我—不—能

你們必須回頭當徘徊登山口之後
我將鼓動謹慎者對暗夜的恐懼
將搧揚生澀者對泥濘的不安
將擠壓你們說出歧意的語言
分化之後你們除了回頭別無選擇
回去就著殘燈縫補各自破碎的夢

我懸巨明的獨眼在天空送妳
我鋪一地雪白的油桐花送妳
我奏夜禽荒蚤山蛙的交響送妳
如送我排灣姊妹回到她出走流落的異鄉
是的,我可以許妳一個後約
換取妳將失意的淚水釀成期待的笑靨
看取妳為桃紅粉白盛放的山杜鵑躑躅的姿態
聽取妳為滿山草葉冰晶流霰的驚歎
將推車的受傷的漢子們遠遠隔絕在路的另一端
我護妳踽踽獨行在我釋放芬多精的懷裏自丑及寅
秘密地　我許妳一個願望

別問我栽下的花哪天綻放
如果妳諦聽斷不會錯過我深情的召喚
我將扛妳在肩上接近太陽

【附記】

2000年4月22日，偕蕭、趙二子往登北大武山，午夜一
時自泰武天主教堂騎二機車出發，水煙迷濛，霏霏霧
霧，朦朧圓月時隱時現。至登山口，趙以雨中登山危險
擬放棄，蕭不願半途而廢，取決於我，我亦主前進，但
趙執意獨留登山口相候。於是敗興而返。甫回程，一車
又壞，棄置道旁，三人一車以輪坐輪步方式回到泰武。
獨行山中約二小時，是為記。是日為夏曆3月18日，月
猶圓，且遍山油洞花開。油桐花又名四月雪，杜鵑日本
稱躑躅云。詩成於25日。

驚
——八掌溪事件

我們都是被嚇大的
不能字正腔圓被罰錢掛狗牌的童年
不能讀書會社團刊物自由收聽廣播的青少年
我們不知道什麼叫做理直氣壯
跨不過反共抗俄使命的蒺藜鐵籬
不敢平視遑論俯瞰的五百顆飛彈注目下的瑟縮
我們不知道怎樣才是勇往直前
隔牆偷聽的耳朵像遍地野花
信口羅織的犯行在長長的暗夜起造一座座假山
我們不知道所謂光明正大

我們沒有思想地活著
眼睜睜看著洪水把八隻朝天的手掌淹沒束手無策
屏息在螢光幕前茶來伸手飯來張口
熱鬧在岸邊構思如何運鏡捕捉畫面
我們思想別人的思想活著
讓別人別的單位去拯救去扛責任
讓別的黨別的官員去謝罪去下台

讓別的家庭破碎別人的心肝斷裂
我們活著懶於思想
向善的路太坎坷我們缺乏體能訓練和毅力陶養
真相太不堪時間還是用來編織帽子儲備面具
明辨是非太辛苦還是輕鬆隨著謠言的流行樂曲跳舞

　　那是老繭疙瘩的八隻手掌
　　不像政客翻雲覆雨的巨掌
　　那是瘦骨稜稜的八隻手掌
　　不像財閥長袖掩翳的厚掌
　　那是粗礪浮筋的八隻手掌
　　不像名流舞文弄墨的纖掌
　　那是被困窘的生活折磨的
手
　　那是被工作的責任捆綁著的
手
　　那是溫柔摩挲過愛人粉頰的

手
　　那是孝慈餵哺過爹娘兒女的
手
　　那是被怠惰的公務員拗折的
手
　　那是被不合時的行政斬斷的
手
　　那是被不公義的社會遺棄的
手
　　那是被冷漠無情社會淹沒的
手

我驚
驚自己不能自在如流水地活
驚福爾摩莎黑暗太囂張而晨曦迷航
驚台灣人已失落了人之所以為人的初衷

【附記】

2000年7月22日，三男一女四位工人，在嘉義縣番路鄉
八掌溪下游進行河床加固工程，因山洪暴發走避不及，
在洪水中苦撐兩個多小時，終因救援延宕被洪流沖走身
亡。時兩岸路人圍觀者眾，電視台採訪車亦全程轉播，
卻無能伸以援手，為有生目睹最無人道之事。31日詩此
為記兼自警惕。

私房詩（6首）

　　2000年夏，在南台灣一個文學評論場合，邂逅林桑，二個離了婚的男女展開愛情的冒險，品味蒸餾後的青春，並於2006年再組家庭。過程為詩三十餘首，錄此數首私房之詩，永為存念。

1 月光

在迎接朝曦的沙灘
我們薰沐月光
新浴的黛安娜衣著溫柔的鉻黃
海面一掌之上　　她笑靨恬恬地綻放
雲都安憩山谷
海潋灩著月光起伏的笑聲
波濤深情唱和
你並肩走在我身旁
我搖曳醉在今晚以及此前此後的月光

撿撿石頭也許是好的
石頭記錄宇宙生命
石頭見證人世悲歡
石頭取笑情人的誓言
石頭瑳摩成人厚蒙的心塵
當你蹺開去蒐尋
我安然坐在石頭上
我撿拾記憶
我典藏空前的海上月光

對著明月撒一泡尿也許是好的
洩泄未成年即馱負的莊重
重體童稚的輕清
讓生的廢氣隨著阿摩尼亞滲入千噚地底
永遠永遠地埋藏
我是否曾為別的男人寫過情詩
你是否曾對別的女人矢志不移
俱是昨日的黃花

俱是前生的故事
是我們彼此不可改寫無從參與的情節
是必須有不可否定不必悔恨但絕不會被抄襲的過往
是我們相遇的因
是我擲入浪中的石頭
是你不留痕跡的尿液

就著月光
徒手修砌我們的明日之城
向傾圮陸沉的古城學習如何屹立
向心索鋼鐵磚石向夢索家具畫飾
我們自是一座城不可或缺的寶物
今晚
我們就著月光釀造陽光
黑夜之後
朝曦滿滿地在城裏開花
一叢叢用甜柔的月光哺飼的金銀花

【附記】

2000年9月13日中秋翌日,與林桑遊旭海,住宿中科院宿舍,18日詩此。旭海成為我們經常造訪之地。

2 拐

月黑
我在沒有一對眼睛窺伺
　　沒有一副耳朵竊聽
　　沒有一針毛孔滲透
的角落
就著燭光刷刷書寫一則
千禧年最驚心動魄的企劃案

時間：群獸覓食眾鳥歸宿的黃昏
地點：註定相遇的十字路口
工具：浪漫的歌羅芳
　　　智慧的繩索

　　　　堅定的銬鍊
誘餌：玫瑰含露的詩句
　　　陽光的笑顏
　　　放浪的想像
風險：因過度投入而罹患失憶症
報酬：請翻閱2001年命運之神的回憶錄
目的：@#$%^&##%
獵物：箭疤累累兀自頑強發光的半固態星體

風高
我否決循規蹈距的遊戲規則
　　　撕毀和水仙花的合約
　　　退回鷗鷺鴻魚的情書
甘心被誘引設計一個

拐

3 領航

誰來領航
這一程
從墜入出發
航向仡立

汽笛已響
海面殘留昨夜的薄霧
晨星猶自閃爍遙遠的地平線上方
氣象播報員忘了說明
霧幾時散去
也許霧會轉濃星必黯淡且
谿谷等待出岫的雲正在
密商一場豪雨

升起風帆
我們必須趕趁這班潮汐

錯過將不再有機會自幽閉逃離
你的行李何其多
柳條箱裏塞滿紅色黑色金色銀色的昨日之服飾
多重加鎖的竹篋每一經緯的縫隙出沒蒼蒼灰灰的記憶
我只有一背囊輕盈的明日之夢
你猶豫著哪些行李可以棄置岸上
隨你吧　我說
反正是輕是重一起承擔

夜梟在啼
誰來掌舵
速速啟航
航向你的　我的　命定的
彼岸

4 因你的沉重而沉重

亞馬遜河不必因黃河泛濫起漣漪
溫哥華的蝴蝶不會遺憾因錯過天山雪蓮盛放的香息
辛巴威有誰關注台灣的九二一

川流的車潮中
每一個小小鐵盒子各自盛載別人家的秘密
醒來或睡著的寓所見證別人家黑白或彩色的天意
無從知悉　　也
不必好奇

樹稍搖動因為風起
眼神迷離因為下雨
心　　因你的沉重而沉重
肺　　因你的窒息而窒息

唉
如何趁乾旱之前植一叢斑斕的回憶
助你抵禦被叛離的孤寂
如何騙過時間老人虎視耽耽的眼睛聚精會神的聽力
讓你在更張的畫布前重拾彩筆
如何告訴你
最最腐爛的泥土中
也有一株新綠等待升起

5 關於

關於石頭
在叢林間出生
在青苔間拔起
也許有一天可以像前輩一樣長到雲的高度
他從來不想離開家鄉
但是他被溪流帶著去流浪

並且被琢磨成光滑圓潤的模樣
此刻躺在遠方的河床上
他拍打多事的溪流發出鄉愁的嗚咽
踏青的人竟聽成輕快的歌唱

關於風鈴
男子把它當禮物帶進這個家
女子便將它懸在迎風的書房門楣下
她回家的第一件事是打開窗子迎進風
站在風鈴下聽一陣叮叮咚咚
無風的日子
女子以纖手輕撫過那一排二十四支銀色的管子
一遍又一遍
風鈴聽著自己的叮叮咚咚
聽著女子心房叮叮咚咚
那時
女子的眼中也閃爍著
叮叮咚咚的銀色星光

關於薰衣草香
窈窕的女子吩咐僕人：
熱一爐薰衣草香
爐煙氤氳，她端坐其間
白霧香了她的髮她的衣她的心她的念
她起身穿過長廊，奔赴情人的約會
忘了那齣電影的名字
只記得這一幕
忘了女子的容貌
愛上薰衣草香

關於我們
我在天空的心臟畫一朵玫瑰
投影海洋波心
幻化一個華麗的待續句
等著你浪花湧起
等著一起烹煮一壺詩意

【附記】

本詩曾請景翔先生譯為英文，附錄於後，以誌感謝。

ABOUT

About stone

It born in the woods rose from moss

Someday will be, like all ancestors, getting high to touch the
cloud.

He never wanted to leave his hometown

yet was carried away by the stream

be carved and polished to smooth and round.

Now, laying on some faraway riverbed

He beats on the nosy water while weeping his nostalgia

But tne tourists thought it;s some happy song.

About wind chimes

The man brought it home as a gift

The woman hung it on the lintel for the wind

She will open the window as soon as she get home

stands there and listen to the tinkling bells

When there's no wind

She will move her delicate hand through twenty-four silver
    tubes

over and over again.

The wind chimes hears it's own tinkling

hears the tinkling in her heart

when

some tinkling silver star lights shone in her eyes.

About us.

I draw a rose in the heart of the sky

Project it into the ocean

to turn into a magnificent sentence unfinished

and

waiting for your wave to rise.

6 詩、散文與小說

昨天我在雲端寫詩
人間燈盞盡是天上繁星
落花繽紛為了殉美不是飄零
在荒漠築城在幻中找真
用詩稿燒起篝火溫熱獨行者的孤冷

今天我在雨裏寫散文
有人芟剪枝椏為各種理由
豐厚的樹卻日漸體無完膚
有人把玻璃當做鑽石
我只是一顆璞石
琢磨與否不損玉的本質

右手寫詩　左手寫散文
小說不是我文筆熟悉的項目
我用生命認真演練

我把小說織在風中不在意時間將它吹散
我把小說刻鏤石上不在意流水將它浸蝕
我把小說讀給夜空不在意星子竊聽盜錄

過程
就是全部

紅樓誑夜

精心描繪的眉黛彎彎

女子啜一口奶白的顏膚

塗朱的唇咀嚼狼藉的春天

被耳語填空的視窗掙扎探看一朵晚涼中瑟縮的玫瑰

翻閱的卻是

一篇文白夾雜的散文　標點符號且放錯了位置

一首現代詩人的七律　意象含糊卻又氣味陳腐

一副畢卡索的宋山水　新古典立體解析抽象

隨著攤開的卷軸流轉變遷

靈魂決定在物換星移前飄離窗口找尋留白

好為這夜落款烙印

我聞到可爾必思的香味

因稻草而佝僂的肩臂彎彎

男子啜一口即推開難以消受的甜

羊毛衣衛生衣洩露遲暮的秋天

被煙霧窒息的耳朵垂下微笑的重重簾幕隔絕一枚雪花

被謝絕的還有

一支烏黑的翎毛　染髮劑塗飾不出智慧的深黝
一片金黃的落葉　離根離枝的愛無法使生命重現凝碧的油光
一句寒山的鐘響　有如屠夫吃齋強盜施捨政客發誓般地荒誕
心決定卸下裝甲穿過另一側耳殼出走
撈取淡水河的燈光
我幻聽可爾必思冒泡

愛人
如果我靈魂游離心和身分了家
請原諒我好嗎？
HOLIDAY擋不住的潮聲總是漫向紅樓
雲層藏住北極的星光獵戶卻又馳騁在天上
我只想靜靜傾聽你心的潮音
我只想默默凝望你眼的星光
待我飲盡這一杯晴空我們就回去好嗎？
紅樓這一齣戲我已看夠
讓我們踏著殘年的最後一輪圓月光回去
回去在我們風樓的鵝掌樹下

點我們薰衣草的燭火

一起回味這晚涼芳潤的可爾必思

【附記】

2001年1月7日，與林桑在淡水紅樓與其詩友F及F之女友S夜飲，S點牛奶，F點可可，林桑喝可爾必思，我叫的是「冰淇淋晴空蘇打」。是夜月明星稀，徐風微涼，垂老之F與青春之S互動曖昧可疑。可爾必思甜甜酸酸，素稱「初戀之滋味」。後二日成此詩。

生命是一間黝黯的房子

手中緊握一把星子
微弱的光芒不足以照亮諸神偃鼓息兵後的昏暗
懷揣紀元前準備好的答案
妄圖通過芬克斯謎語的關卡　穿越
幻象與真實之間的海峽
答案必須唯一而且肯定
當閃電訊示天問
不容許參考討論研究商量斟酌
不容許億萬分之一的誤差

匍匐前進在高山在海洋在沙漠在雪地
跋涉　潛行　摸索　躍進
誰在前方發出聲響
是啟航的霧笛
或駝鈴的叮噹
是鐘乳滴落的輕歎
或鴿子撲翅的偽裝

是筍尖出土的咿啞
或母親子宮的呼喚

翻一張牌打一張牌
遊戲規則不能因幻聽而更改
一米粒深的水
蜉蝣的滄海
蛟龍的墓場
一池孑孓將人叮得腫脹
我們戴著眼罩尋找
迷途洋場的嚮導
仆臥十字街口的旗幟
以及
在風中消散特殊體香的對方

生命是一間黝暗的房子
住過的人都在樑間留下一條繩子
在空氣中留下記號

繩子或腐朽或化為蛇為柱或
打了懸頸的結
空氣中漂浮著疑問驚歎暫停的頓未了的逗完結的句以及
待續的破折或刪節

對後來者
除了不要隨便應門
我無可奉告

【附記】
我在高雄師大有連續六年半時間在市民學苑開課，經常
有學員會來討論生活實際問題與生命本質問題。我覺得
這些是不能給予簡單答案的。別人的答案，都只能是參
考，生活要自己去體驗，生命要自己去體悟。2001年因
此理念而成詩。

我已經掏空了我的口袋

我已經掏空了我的口袋

上衣右口袋飽滿的夢化為一圈圈雲彩
在每一顆髮茨賁張的黑色頭頂繚繞
如某個文豪抽一口雪茄緩緩吐出的煙圈
上衣左口袋曾騷動不安刺疼我心肺的勇氣
贈送給那年輕的女孩
她於是提起簡單行囊孤獨跋涉他鄉
每種花都有最適合的土壤、水質和陽光
我要長在我該長的地方
靠近穹蒼的山巔傳來她跫音的回響

曾經一枚變形銀幣長年躺在我長褲左口袋
我在旅次撫摸它想念遠去的帆影逝去的流水
我在寂寥摸索它誦習哼過的歌曲讀過的詩篇
我在繁華踫觸它的冰涼
我把它給了草地上跳躍著路過的松鼠
至於你記得的長褲右口袋

擦過汗包過茉莉擤過鼻涕題過情人名字沾過茶酒咖啡
繫在髮梢如蝶揚在指尖如花遮飾面龐如幕而其實如耳環
之於女子的
那條手絹
早已還原為絲絲絲
回到漂絮的初始

長褲後口袋我僅有的財富
曾經鼓鼓的一個皮夾放滿我旅行過的地圖
如今也許滿面風塵躺在綿延的沙丘
駱駝無視地走過
也許濕冷瑟縮在北極冰原
冥想轉世為冬眠的熊或邂逅豪邁的探險家……
我的尋訪和遺落
我的寧靜和不安
我的執著和妥協
都在鼓鼓的另一個後口袋裏
最後我躺下來輕輕一壓,就

隨空氣散向八垓
彷彿不曾存在
一句黃昏遙遠寺廟的鐘響
一把秋風颼落的茫茫蘆花

是的，還有一抹紅彩
一朵玫瑰猶在我卸放草地的外衣袋口招搖
我曾唧於朱唇曼舞，曾插於青鬢歌唱，曾佩於衣襟
為讓某人在芸芸眾生中不猶豫地向我走來
現在，我要將它擲還天宇
如新娘拋出她手捧的鮮花
我已掏空所有的口袋
我抖抖外衣，外衣在風中化為碎屑
我抖抖身子，我的身子
也在風中

【附記】

2003年2月21日凌晨四時自睡夢中醒來，思及一群已從我上了六年半藝文課程的市民學苑學員，悚然一驚，想我是否過度引導他們的人生觀，想我以個人有限學識經驗還能給予他們什麼？起而詩此，並於下一學年堅辭開課。這首詩遂成了給這群好友的道別詩，也是表述我對人生意義的思索的詩。本詩曾請許達然先生英譯，附錄於後，兼表謝忱。

I Have Already Emptied My Pockets

I have already emptied my pockets.

The dreams filling the right pocket of my blouse have turned
    into clouds
Curling up over my hair,
Like smoke emitting from a literary man's cigar.
The courage that once cheered up my tormented heart
Has been given to a lass.
She has travelled to another place with scanty personal
    belongings.
Every kind of flower has its fitting soils, water, and sunlight.
I would live where I should be.
The mountain peak might echo her footsteps.

A deformed silver coin once lay in the left pocket of my pants.
I used to stroke it thinking of flowing water that carried the

boat away.

In solitude I searched for the songs it hummed and the
poems it read.

In prosperity I touched its coldness.

I gave it to the squirrel jumping around on the grass.

You remember the right pocket of my pants.

My handkerchief

That used to wipe away sweat, wrap up jasmine, soothe
my running nose, and have the stains of tea, wine, and
coffee,

That was once tied to my hair like a flower flitting over
the fingertip to cover my face, even more like a girl's
earrings,

Now has been reduced to silk fibers

Drifting back to the original yarns.

The back pocket of my pants once had my sole wealth.

It contained a wallet filled with maps of my travels.

Dusty now they might lie in the stretch of dunes

Trodden by the camels heedlessly;

Or they might huddle themselves up in the cold North Pole,

Fantasizing to reincarnate as hibernating bears or to
encounter valiant explorers.

My search and loss,

My silence and anxiety, and

My persistence and compromise

All were in another back pocket.

Finally I lay down to press them down softly.

They dispersed all around

As if they had never existed

Like a sentence of the bell sound from a monastery in a
distance at dusk,

Like a bunch of red flowers blown away in autumn breeze.

O, Yes there was also a red bouquet.

A rose still showed off in the overcoat pocket I had left on the lawn.

I once danced with it in my lips, sang with it in my green
temple hair, and adorned the front of my dress with it.

To attract a man to walk toward me without hesitation in the
crowd.

Now I would return it to Nature

Like a bride tossing it away.

I have already emptied my pockets.

I would shake off my overcoat that might be torn off into
shreds in the wind.

I would shake off my body

That might be

Torn off

Into shreds

Also in the wind.

（Translated by Wen-hsiung Hsu）

以愛為名

RAFA問：為什麼叫愛河
他來自西班牙
故鄉瓦倫西亞也有穿過城鎮的河流
我們在咖啡座露台俯瞰瑰麗的愛河

我小時候她就叫愛河
生長在日治時代的父母親叫她愛河
據說這個名字起於一個店招和一場殉情報導的偶然
兩岸綿延愛的鎖鍊曾是情侶依偎的鞦韆
水岸花影是照相館必備的布景
散步河畔是必要的風雅

我漫長的成長期
唉──漫長一如藍色多惱河
愛河是
流鶯遊民的樂土
白雲茉莉書包清湯掛麵的禁地
青春的禁地

花樹垂墜厚重的煙塵
河水濁穢呆滯的溲臭
在多次被視為粉飾日本帝國的謊言之後
父親嚴嚴看管汍游愛河的回憶
我們堅持拒絕相信
愛河曾有游魚曾有遊艇曾有徘徊的雲影
愛河只是
父親和我們之間難以跨越的臭水溝

二〇〇四深秋夜初
陪著來自美麗國度的友人漫步河岸
多麼浪漫的名字多麼風雅的景緻
西班牙人RAFA說
他的驚歎我的驕傲
風涼花香燈影綽約
幽靜乾淨的步道
泰然閒適的行人
悠然畫動水紋的船艇

有流水的地方就有父鄉的愁緒
溯游迴向黯默的天際
我深信
最亮的閃熾是父親接引的目光
當我置身
愛河的清新
游魚的歡快
以及
以之為名的港都的甘香

【附記】

高雄運河關鑿於日治時期。相傳，日治末期有市民在中正橋附近經營划船場，在橋畔豎立一招牌，題為「愛河遊船所」。一日颱風來襲，將「遊船所」三字吹落，只剩「愛河」二字。不久有一對不能結合的戀人在此跳河殉情，某報社記者取此「愛河」二字之景，寫出一篇感人的愛河殉情報導，從此「愛河」即成「高雄運河」專稱，成為高雄名聞遐邇的景點。詩成於2004年11月20日，誌愛河始末及與女兒併其異國友人同遊之樂。

夏季的邀約

這是夏天

風鈴　紫檀　紫薇　鳳凰　阿勃樂　陸續登場

有些花開　綻開　離開

有些花謝　披謝　道謝

小小一片指甲似的黃槐

辭謝枝葉隨風遠颺

像演完戲的演員清空舞台的道具

謝幕下場

吹著口哨走開

下一齣戲

如果還有腳力

將在未知的遠方

劇本還在上帝手上

生命的時序已臨秋

秋天的封面

金黃的色彩

被風掀開的某一頁
隱約繽紛自己童年的
癡騃

還留戀著的就是大家了
我將在六月十日星期四
白天遜讓給夜晚美麗將點燃的六點鐘
在御書房和大家話別

這只是一場
雲的邀約
請妳
就順著風的方向吹

【附記】

2004年5月，決定辭去教職，步上人生另一跑道，月底，詩邀女同事在御書房餐廳為退休前道別。

所謂存在
——女童事件

我們都是末期病患，因為生命本來就是一種經由
性接觸所散播的疾病，所有人最後百分之百都
會死亡。

——瑞士死亡醫師明奈利

初春清晨一陣霞色的風撫過臉頰
薔薇怯怯旋開緊苞的花蕾
乍亮的陽光令她目眩
雜遝的歡美令她耳軟
順著風向尋找前世未竟的樂節
卻誤將狂蜂的嗡囈聽成圓舞曲的序章
螫刺的疼痛緩解於甜蜜的誓約
甜蜜的誓約粉碎於酒後的拳腳
酒後的拳腳迅速冷卻愛情
愛情冷卻醞釀冬天的霜雪
冬天的霜雪喚醒螫刺的疼痛
薔薇選擇逃離蜂窩遠颺他鄉
並鬆手放開襁褓中的幼蕾

所有的生命百分之百都會死亡

但她只有四歲

來自薔薇和遊蜂某一場夏天夜晚的瘋狂燃燒

她學會不在人群中尋找媽媽

自從原來摟抱她的雙手將她推開

學會不在夢中囈語她在人間最早咿啞的有意義語言

自從熟悉的笑臉不再出現

學會不想念肉香，不想念糖甜，不想念

軟軟懷抱的溫暖

她恐懼父親也會突然失蹤因而緊緊跟隨

她是父親失業的藉口

酒桌旁蹲伏的小狗

當燒酒澆不熄他的悲怨焚起他的嗔怒

而她啼哭因為渴睡或者挨餓

他抓住她的頭猛撞牆壁

欠管教是不是妳這討債的小鬼

顱內出血的四歲小女孩

遺棄她的還有酒池肉林舞榭歌館的台北

二十三所市立醫院找不到一張貧窮孩童的病床
當父親遞不出有重量的名片端不出威勢的頭臉
嚴冬寒流來襲的夜晚
曾經是愛情結晶的四歲小女童而今不過是
一苞沒有誰在意她開不開花的幼蕾
一只被成年愚騃的頑童踢得變型的空罐
一粒被踢來踢去滿是刮痕的玻璃球
繁華冷漠的台北到僻靜有情的梧棲
一百五十公里救護車漏夜顛簸奔馳
病菌滋長迅速且茂密
生命的確只是一場疾病
而貧苦的人沒有疾病的權利
四歲女童最終是一束短暫明亮的煙火
照見一群汲汲掩面的狼狽獸容

我都是這樣管教她的
父親振振有辭地說
薔薇對著麥克風滴落遲到的淚水

地板到天花板堆滿她從不曾擁有也永遠不能把玩的玩具
走廊盛開她不曾親近過也永遠叫不出名字的奇花異卉
海島喧騰她從不曾聽過也永遠聽不見的愛的言語
某個政治明星說將疼惜她如同自己的幼女
緊閉雙眼全身插滿針管的四歲小女孩
甚至來不及辨識自己是菊花櫻花或是茉莉丁香
絕緣而去
委蛇落地
如某個醉漢不經意遺落的隻履
也許這是最好的結局
如果我們容許
四歲的小孩赤腳行在遍地荊棘的土地

【附記】

2005年開春，自然以萬物為芻狗的南亞大海嘯悲情還餘
波盪漾，國內又發生四歲女童被父親凌虐至顱內出血
昏迷，二十三家台北市立醫院以無病床為由將之轉送
一百五十公里外梧棲童綜合醫院。終因錯失開刀急救時
機及移送勞頓，回天乏術。處此天災人禍交煎旳社會，
不能無感！

政治厭食症

我開始說之前　世界是黑暗的
我說過之後　世界仍然是黑暗的
你所聽到的一切　是你自己的焚燒
——杜十三〈火的語言〉

放任自己暴飲暴食
大話的雜糧
心聲汗血稼穡的米飯
某教授嗆聲精心烹煮的菜餚
上桌的樣樣可口
佐以
高峰會的甜酒
芋仔蕃薯的點心
狼吞虎嚥
彷彿半生牢獄乍被釋放的監囚

明確記得是哪天開始的
就在兩顆子彈呼嘯過海島上空的次日

傍晚六句鐘眼珠浮貼螢光幕
等待台灣將來四年命運揭曉
等待狂風掃蕩長年滯留的雲團
等待朗朗乾坤風調雨順國泰民安
而
當落選者不願承認美好的戰已打過
散播疑雲重重的毒素
發射選舉無效訴訟的火箭
鼓動群眾盤踞凱達格蘭大道
民主風度被願賭不服輸的冷箭刺穿心腔當場夭亡
螢光幕再次成為藍天綠地肉搏的戰場
眼珠牢牢緊貼畫框屁股緊黏沙發上
唯恐錯過比霹靂布袋戲還金光的口劍舌刀

胃口逐漸大了起來
有時額外嚐嚐
小妹大獨家悉心調製的料理
全民開講高膽固醇的雜燴

沾一些

夜總會鹹酸辛辣的醬汁

喝一杯亂講的咖啡

台灣日報是豐盛的早餐

金牌牛奶、銘記麥片、孫家麵包不能錯過

餐後細細品嚐一粒艾頓話梅更是神仙滋味

自由牌牛肉值得咀嚼再三

蓋有聯合、中國戳記的食物不能在正餐食用

富含人工甘料、防腐劑且成分不明

明確記得哪天開始罹患了厭食症

那是世界人權日的隔天

海島上空翳壓一片濁穢的藍

房間裏擠爆失望的歎息

自螢幕取回眼珠向沙發SAY GOOD-BYE

上吐下瀉後

決定蟄居遠遠的荒郊

闢一畦小小花圃

孵育幾株清新芬芳的空氣
管他
趴跪親吻土地是不是權宜的詭計
黨產清除不清除賄選抓不抓
管他
六百四十七萬一千九百七十位國人的付託被擱棄
粉墨登場衣藍著綠盡是沒有漢子的遊戲

上桌的食品大同小異
依然一片口誅筆伐槍林彈雨
而
高燒已將味蕾燒成痲痺
我日逐了無食慾
也許
走樣的身材
臃腫的肉體
能逐漸復原往日的纖細

【附記】

2000年陳水扁當選總統後，電視政治談話COLL-IN節目風起雲湧，報紙也增加許多政治評論的專欄。常聽到許多婦女抱怨她們的父兄丈夫晚上守住電視四至六個小時。2004陳水扁再度當選總統後，我也成為狂聽一族。直到12月11日立委選舉落幕，國民黨及與其結盟的新黨共獲得80席，得票率32.83%；親民黨獲得34席，得票率13.9%；民主進步黨獲得89席，得票率35.72%；台灣團結聯盟則獲得了12席，得票率7.79%；再度朝大野小，政治改革眼看無望，媒體又將一片污煙瘴氣。於是又避而遠之。本詩完成於2005年2月1日，是一場政治燃燒過後的餘燼吧。

時空光景
──台南機場

那個時候即使橫衝直撞的蒺藜都匍匐在台南府城的日照下
太陽旗圍起布穀豐饒的大片平原
鋼鐵的灰綠色大鳥在海濤般的驚呼中起降
西進聽說擊落無數漢唐的自尊
東北絡繹往來軍鞋軍刀、蔗糖檜木、移植的鄉愁
還有長在頭上的眼睛，以及
紛飛的阿利雅多、××桑、嗨嗨……
向東，直線飛越汪洋
偷襲極樂世界的夢土──從來未在亞洲被墾殖過的

後來太陽白化異形
十二個崢嶸犄角狠狠釘住藍天赤地
水泥圍牆高高截斷八方遨遊的想望
大鳥低空掠過台灣低氣壓籠罩亂流威脅的穹窿
人民不能仰望，必須
垂首斂目肅立當大鳥臨空捲起旋風
並且哈腰鞠躬

我的祖父因此得了駝背的痼疾至今不能挺立
祖母一輩子眼睛沙眯看不清楚真象

終於
圍牆洞開一道又一道禮賓大門
唐裝西裝背包皮箱都可以抬頭挺胸走進大鳥的腹部
掠過滿成鳳凰、斑芝、羊蹄甲
與黑面琵鷺、高蹺鴴盤旋沒有國界的天際

我站在台南機場航廈大廳對旅居台北城回航的兒女談來歷
他們異口同聲說：曾經的焦敗都肇因於欲望的燃燒
紅日頭燃燒因為貪欲更多的土地
白太陽燃燒因為貪欲不屬於他們的權力
燃燒之後
飛灰成時空光景淡落的陰影
連疤痕都將迅速被忘記
海島存在的是健忘的族裔

【附記】

廣義的台南機場包括二個部分：空軍台南基地和民航局
台南航空站。舊址為日治時期台南飛行場，創建於1937
年，原供民航使用，二戰時轉軍用。日本投降後，國民
黨政府治台之初，與台北松山機場為台灣唯二之民用
機場。機場前雕塑為2005年台南機場公共藝術設置首
獎作品：徐秀美之「時空光景」，因以為題，詩成於
2005/2/28。

三月，詩人相約在高雄

生而有兩種曆日是民國以來華人的宿命
國曆和農曆在辛亥那年錯肩後一陽一陰各奔前程
「國」曆是通用的時光語言，一如「國」語
歲次干支委曲在字裏行間殘喘
生為現代華人還有西元的第三曆日以便和國際接軌
生為現代台灣人漸漸被歐美第四曆日宰制
情人節到聖誕節一個個比父母的生日重要
不可忽略一定慶祝
如同台灣的政治氣象
本土意識　原鄉情懷　隔岸飛彈　西方善霸
島嶼仄狹僅存一線的領空亂流動盪

脫卸曆日僕僕的衣飾
貼近土地行走擺脫煙塵的上空
詩人聽到季節嬗遞的輕響
聽到春風從巴士海峽台灣海峽太平洋徐徐而來
步履輕輕躡過福爾摩莎自南向北由西到東
聽到春花在蘭嶼花嶼鵝鑾鼻麟山鼻拆苞

芬芳靜靜釋放瀰漫玉山巔到立霧谿谷
聽到梅花鹿野羌黑豬獼猴在山林闖蕩
聽到鯨魚海豚從三貂角向東沙島洄游
站在都市的陽台村莊的籬畔或峰頂溪邊
詩人聽到──

聽到南方港都熱情的召喚
歸來吧
港都今夜沒有雨
高雄只有詩的氣象
整個世界都在硬化成石頭
「輕」來自詩人的語言力量（註）
三月
南方是春風花香的方向
港都是流雲清風新故鄉
我們將在晴朗的穹蒼復原以星的身分交會發光
呴氣濡沫相忘在詩的道場

宇宙將合掌垂聽
我們諦願的聲響

【註】

此句見諸古巴作家伊塔羅‧卡爾維諾《給下一輪太平盛
世的備忘錄》,吳潛誠譯,時報出版。

【附記】

2005年三月底,參加高雄世界詩歌節,為記。

若是你對故鄉來（台語詩）

巷仔口的簐仔店阿婆是不是猶原坐佇門口
佇彼隻鳥金的籐椅
笑裂的嘴唇金齒閃爍
廟口是不是猶原足濟囝仔佇遨耍
縛紅巾的大樹腳企一個孤單的囝仔憺憺看
踢銅管仔的嘻嘩聲撞到天頂的浮雲
流過莊頭的溪水是不是猶然有時陣漂浪一張題詩的弓蕉葉
一束摘破的胚信糾纏佇岸邊的水草
暗暝是不是亦有鬧熱的秋蟲合奏
悲鳴的洞簫共款擾人清夢

或者是
簐仔店關門囝仔無影溪水枯焦
幽怨的洞簫既隨歲月飄散
只存落葉模仿的咳嗽
昨晚你佇電話中講要順路來看異鄉的我
不敢問你是對叨位來
若是你對故鄉來

行李捾的是叮嚀的聲音或者是歎息
是重晃晃的前塵或者是輕芒芒的過去
企佇月台等你
心情隨著來往的車輪聲
歕歕喀喀

若是你對故鄉來
我就假若聽到眠夢中思戀的呼喚
就會轉去企佇廟口彼欉大樹腳
手拎一支箍仔店瓜瓣形的粉紅糖咁仔
看人嗐一聲將空罐仔踢去天頂
過路的風一時攏底拍咱仔
若是你對故鄉來　遠遠
我就會聽到阿母暗暝替我蓋被的腳步聲
就會鼻著阿爸種佇門口庭的玉蘭香
就會
看見弓蕉葉未乾的
青春的墨跡

【附記】

我出生舊高雄縣草地仁武鄉，初中畢業那年搬遷高雄
市，從此稍稍認識鄉愁，常常想起小時玩伴，遊戲的廟
埕和老榕。在高雄市也搬了二、三次家，我成家後，買
屋在初抵時住居附近，每天穿過一條巷子進出，早上上
班，下午下班，都見一位和母親年紀相當的老婦人坐在
巷口一張籐椅上看人來往，有無限寂寥。這些，構成
這首詩的意象。這是一首我喜歡誦讀的詩，成於2005年
4月。

真正的詩人（2首）
——為詩人葉笛作

> 我無法定義何謂真正的詩人，赤子之心是一定要
> 有的，不屑名繮利索也是需要的，其他，諸如表
> 現真性情、有正義感、不規避責任……就是像葉
> 笛這樣的詩人啦！

1 明天有明天的風

有些東西是亙久的
詩人眼神落在數碼外的海濤
我們卻可能明天就不存在
詩人說

海面晃漾稀疏漁火
遠處橙亮著四草跨海橋一排燈光
我們伸長雙腿頹坐海堤上矮矮的斜背木椅
兩側等距離種著臨時咖啡座藍色紫色的璀璨
星星在空氣中不斷踫撞

清醒的時候，說清醒的台灣話
喝了酒，頭腦痳醉，就滿口北京話
詩人歎息：唉！我受過很成功的教育
不過一瓶廟口的高粱
和接連兩天文學慶典的微茫
白髮詩人就放任一群星子透迤閃爍
啊　還有幾個偶爾出來蹓躂的日本語詞
從童年　從詩人曾長年羈居的東洋

六十年了，頭一回
在故鄉的海邊坐這麼久
對著故鄉的海水喝咖啡
詩人感慨：這個時候真想喝酒哪
我們該一路買過來的　我想
夜已深，你有些醉　某人體貼地說
管他哩，明天有明天的風
詩人說
黃金海岸明天有明天的風浪

【附記】
2004年6月某日，和林桑及詩人葉笛夫婦、龔顯榮夫
婦，傍晚在安平飲宴後，駕移黃金海岸喝咖啡，暢談甚
歡，為記。

2 因為還有夢

每天都像一株從
土地升起的小草
向下札根　伸展
承露迎風的翠綠

因為我還有夢
七十五歲滿頭銀髮眼神如鷹的詩人說

夢遠植於童騃
週末日本老師的宿舍中
垂釣回來

鋤過後院雜草　　洗過澡
他坐在地板上翻閱波瀾壯闊
端著茶走過來的老師輕撫微潤童年的光頭
你將來想做什麼？
一把鑼鎚重重敲打心靈的巨鐘
至今空氣間猶徜徉撞擊的迴響
他看著木格子窗切割的藍天
種下一畝畝夢想

夢的實現要有PLAN
七十五歲的年輕詩人用日本腔說了個英語

你將來想做什麼？
你要怎樣讓夢想成真？
再沒有老師娓娓和學生談論小草的話題
再沒有家長願意栽植流水浮雲清風燭火
即使流水將裁切壯觀的風景燭火將是
長夜唯一的光亮與溫暖

雲不得不消散在天際醞釀不成酥旱的豪雨
風不得不流浪在邊地終生思索方向的謎題
小草將帶動春天的行跡
可憐哪
冒出小小根芽就被揉壓殤亡

我快樂活著因為對人間充滿希望和夢想
七十五歲紅顏少年帶著輕輕酩酊大聲說

【附記】

自從林桑介紹我認識詩人葉笛，我們與葉笛伉儷便時相
過從，飲酒聚談，興酣歌舞，允為人生至樂。2005年6
月杪，與林桑及葉笛夫婦、呂興昌教授遊下營，造訪女
詩人利玉芳，回程車上聽葉笛談夢；後數日，葉笛來家
餽贈芒果，再談其小學老師對其築夢之啟迪，並慨歎今
日孩童已無夢。因成詩。二旬後，葉笛經醫檢罹患胃腺
癌，從此不斷進出醫院，隨於次年（2006）五月初辭
世，此為最後一次一起出遊。

三十三歲的醒悟
──南社會後作

之前我一直相信
我是道地中國人
我們的總統勤政愛民
和政府作對的是一小撮搗亂分子
短髮斑白的教授清澄的眼神掃過
　　　詩人
　　　建築師
　　　學者
　　　作家
　　　一盤剛上桌曲屈身段的紅色蝦子
靜定地說
直到三十三歲那年

初次品嚐吳濁流無花果苦澀帶甘的絕美
異國徹夜難眠的雪夜
故鄉的座標在腦海漩渦浮沉徬徨
找不到相應交集的經緯
誰的歷史誰的地理誰失落的秋海棠他苦惱質疑

曾經從小學到大學認真背誦且誓願要向共匪討回
「我」到底是誰
「我」的國家到底建立在哪塊土地
「我」要愛哺飼我成長的媽咪或是
從不曾生過我奶過我愛過我的虛誕且遙遠的祖襧
三十三歲那年
留學異國的他開始憧憬台灣獨立

一桌銀耳靜定傾聽
那是他們共同的經歷
雖然可能在不同的年紀

【附記】

我在2004年加入南社，當時社長是詩人曾貴海。2006年
6月25日南社年會後餐敍，座中多位同志談及臺灣意識
覺醒的過程，因成此詩。

我失去我的花圃

我知道有一天我終將一無所有
赤裸地　兩手空空地
隻身飄蕩往赴宇宙的異次元
如散去的霧　乾了的露
　響過的雷　綻過的花
　不經意的風不經意吹飛的一片落葉
親愛的兒女　親愛的牽手
寶愛的書畫　寶愛的花木
終將撒手捨離

昨天還細心一一澆溉的
我運河畔居宅旁一二十棵高高低低的花木
午睡醒來已斷毀埋覆在一堆黃土
茄苳、波羅密猶綠著的葉
紅蝴蝶、蘆紫莉猶開著的花
等待圓熟的木瓜、猶是幼苗的仙桃
在黃土中露出殘破的衣角
二坪大的親手填土鋪草植栽的花圃

彷彿醒來的夢不曾真實存在過
我撫著還沒結過果就萎頓的波羅蜜
我向曾綠蓋蔽天而今崩倒的茄苳道歉

他們要蓋停車場
而我失去我的花圃
面對殘廢的鹿角蕨
詩，是我流不出的淚

【附記】
也許受喜愛植栽的父親薰陶，我自小喜愛花木，居宅至
少有盆栽。退休後住居台南運河畔，屋旁適有二坪大小
空地，我以枕木框起，種上許多花木，日日有花開。可
是2007年5月27日，怪手突然開來挖掉我的小花圃，說
是市政府要蓋停車場，我午睡中聽到隆隆機器聲，跑
下樓，只來得及救出少少幾棵。本詩寫於失去花圃後
二日。

夢孵現
——為卜居鹿寮作

那曾是少女的想望
有如祖母曾祖母曾曾祖母
在閨房繡製自己未來的妝奩
映著搖曳的油燈閃爍的燭火
一針一針彩串織錦人生

我曾如此想望
木作匠的工作間就是我的閨房
鋸子裁切夢想的形狀
刨刀削去生命的累贅
砂紙磨掉個性的粗礪
黏膠併合霞色的天空
在鐵釘叮噹哐啷的樂音中
我的衣櫃我的書架我的桌椅我的床……
——在我年輕的夢中舞踊

但是我擱置了我的想望
我和我鄰居的女子一般走入文學的道場

四十年的異鄉風景
惟一未老去的是少女那木香盈溢的舊夢
中夜起徘徊
傾聽時間永逝的訇訇巨響
別人的衣櫃別人的書架別人的桌椅別人的床環伺　發出
置身事外的輕歎
希望長滿厚繭的手掌而今柔嫩只餘執筆和敲擊鍵盤的力量
這軟弱無能的雙手總是令我難安

回首循著木香尋找少女的身影
在果樹園中用歲月的漂流木搭造記憶中夢想的閨房
白日也許將盡
但黃昏正美麗
暮色闌珊中
一盞盞夜晚的燈火自朦朧的遠方漸漸點燃
宣告著另一個黎明不久將
在此地　升起

【附記】

2006年某日，林桑回家就興沖沖地說，看到一塊地，我一定會喜歡。那是與他家鄉隔一個鄉鎮的一塊鄉間厝地，約300坪，地上有二間半傾的平屋，一間原本是鹿房，一間是蘭房。鹿已二十多年沒養了，蘭房還掛著許多盆栽。屋外空地則是荒草蔓生，植有一二十棵果木。我一看就愛上，很快談妥買賣。半年後，林桑發揮他的長才，設計、選料，雇工整建，2007年夏天完工入住。我小時曾志願長大做木工師，蘭房整建時即以此為規劃，這首詩即描寫擁有木工房的喜悅，可惜的是，木工房一直閒置著，甚至變成堆雜物的倉庫，我其實未能實現小時的願望！本詩亦曾請景翔先生英譯，附錄於後。

THE HATCHED DREAM COMES TRUE

It was the wish of a young girl

like her grandma and great-grandma and great-great-grandma...

embroide their future dowry in their boudoirs

under the light of an oillamp, the shimming candlelight

stitch one by one, to make a colourful tapestry of life.

I have such a dream:

A carpenter's workshop is my boudoir

use a saw to cut out the forms of tomorrow

use a plane to cut off the encumbrance of life

use sandpapers to rub off the roughness of character

use glue to put together the glowing sky.

In the music of tinkling by the carpenter's tools

my closet,my bookshelf, my table and chair, my bed......

all dance in my young dream.

But I put away my dream.

Like the girl of my neighbor, I went into the hall of literature.

Forty years in strangeland

only the aromatic dream stayed young

I always wondering in the middle of the night

listen to the deafening sound of time passing

The others' closets, bookshelfs, tables and chairs, beds......all

    around, sighing

as outsiders.

The should-be callused hands are now soft for writing and
keying only
These soft and helpless hands always make me uneasy.

Looking back along the fragrance of the wood for the shadow
of the young girl
Now in orchard I use the driftwood of time to built the boudior
from memory
The day may come to an end
yet the evening is more beautiful
In the twilight lights appear from distant night
announce that another dawn will soon
come brightly here.

台灣奮起之歌

當警棍高高舉起
打在我身上吧
讓我這終將毀朽的肉軀紋上榮譽的印記
打在我膝上吧
讓我為這塊別人假意舔吻的土地真正屈膝
打在我眼上吧
我寧願瞎了也不願再看那些卑奴無恥的嘴臉
打在我耳上吧
我寧願聾了也不願再聽那些奉承訛詐的言語
打在我鼻上吧
我願滾沸的熱血灑在苦難的島國開出一地野杜鵑

鑲著鋒利刀片的鐵欄一排又一排密密圍堵
不是為了防範匪徒而是為了破壞民主
不是為了伸張公義而是為了鉗制自由
雞爪釘散布在人車來往的道路
像毒草長在孩童嬉戲的公園
像食人魚出沒盛夏的游泳池

不是為了愛而是為了傷害
三步一哨五步一崗七步一團又一團武裝警察部隊
他們將盾牌高高舉起
不是為了抵擋而是為了遮蔽照見他們醜態的陽光
不是為了捍衛國家而只是為喪權辱國的政客服務
盾牌高高擋住他們的胸
　　　那胸腔空洞沒有心臟
盾牌高高擋住他們的臉
　　　那臉孔空白沒有長相

當警棍高高舉起
我們把胸膛高高挺起
打！打在我們心上吧
打出我們鬱積的熱血
打出我們隱藏的鬥志
打出我們台灣國家的深情吶喊！

【附記】

2008年11月初，中國海峽兩岸關係協會會長陳雲林訪
台，國民黨政府以暴力壓制抗議民眾，甚至連持國旗都
被禁止、奪走、拗折，實為國家奇恥！本詩曾請許達然
先生英譯，附錄於後。

A Song for Taiwan to Rise Up

When policemen raise batons high to hit my body,

I would let a mark of honor be branded on my flesh that is
    bound to decay.

When they hit my knees,

I would kneel down sincerely for the land others shamly kiss.

When they hit my eyes,

I would rather become blind than see those brazen faces.

When they hit my ears,

I would rather be deaf than hear those sycophant words.

When they hit my nose,

My warm blood would turn into wild azaleas overspreading

    the island nation of mass suffering.

The place enclosed by the cutting-edged barricades is

Neither to guard against bandits but to sabotage democracy,

Nor to uphold justice but to suppress freedom.

Nails are scattered on bustling roads

Like poisonous weeds grown in the parks crowded with

    kids playing,

Like cannibal fish frequenting summer pools.

All are intended to hurt but not to love people.

Armed policemen deployed in separate sentry posts and groups

Carry shields high

Not to withstand blows but to blot out sunlight exposing

    their hideousness.

Those shields protect their hollow chests without hearts;

Those shields protect their hollow faces without looks.

When policemen raise batons high,

We would throw out our chests.

As they hit our hearts,

We would spit warm blood smoldering in our hearts;

We would manifest determination to fight back;

We would clamor impassionedly for the nation of Taiwan.

(Translated by Wen-hsiung Hsu)

向你們鞠躬

走向台灣國台北市的「濟南」路
背向失去立法功能的立法院
我靠攏腳跟肅立
眼睛端莊掃過一個個
頭戴斗笠
彎下腰讓背與土地平行的
甘地們、曼德拉們
深深鞠躬

因唾棄尸位素餐民脂民膏而
絕食
因不齒警政司法媚強凌弱而
靜坐
十幾頂斗笠曝曬在豔陽下
汗水滴落隨即蒸發
如已成木乃伊乾屍的憲法
如一紙紙遞向公門的請願
皆沉默無語

我們只是要停建核四確保子孫安全成長
我們只是要主權獨立確保子孫昂首闊步
我們只是要司法公正人民平權
只是要公投自己的前途和命運
只是要像一尾自由的鯨魚有乾淨的海洋可以泅游
像甘美堅忍的蕃薯植在肥沃的土地可以代代生湠

我從南部來到台北
向在「濟南」路絕食靜坐的你們
深深鞠躬

【附記】
台大教授、公投護台灣聯盟總召蔡丁貴，2008年10月25
日起，在立法院前濟南路旁絕食靜坐，抗議「公投法不
公」。我11月初因事上台北，特地前往鞠躬致意。

跌碎的一粒硓砧石
——紀念紅毛港

傾圮的牆垣
跌碎的一粒硓砧石

見證過
烏金在海面竹筏上和船長的金牙一起閃爍
卡越仔噗噗響過靜置網被浪濤掩藏的水面
那裏男人們吆喝著成群洄游的
冬天的烏魚、鰻魚
春天的石鯛
夏天的飛烏與虱目魚
見證過
粉紅到橘紅褐紅的烏魚子香味溫暖飄散的簷廊
洲尾狹仄的巷弄四季擁擠著新挖開蚵仔的鮮甜
透明的幼小草蝦在計數的吟誦中被從這桶撈到那桶
那裏女人們手上總是握著刷子起子杓子
臉上總是紅撲撲著朝陽的光采
見證過
沙灘上休憩的藏寮一甲一甲綿延成聚落

紅瓦厝漸漸長大成鋼筋水泥的樓房
每天每天從這家搬演到那家的戲台
那裏孩子們放學帶回沿路抓撈的魚貝
他們被僱佣一星期
勝過老師一個月的薪水

傾圮的牆垣
跌碎的一粒硓砧石

記起
一九六七年
說是要開闢第二港口
挖毀了五百甲紅毛港潟湖內海天然的水族箱
魚貝集體遷徙出走他鄉
火力發電廠、儲煤廠、污水處理場陸續圍困
部落是大島西部的蘭嶼
只照得到夕陽的微光
記起

不顧遷村命令的海洋之子
如何寫下蝦苗故鄉的傳奇
如何建立拆船王國的霸業
而蝦苗萎亡於一九七六年的白點病毒
拆船碼頭棄守於一九九二……
記起
夜晚黯澹的燈光下
兩張堆著風霜曾經倔強的臉
疲瘓的眼睛空洞張望那紙發黃的禁建令
而他們年輕的子女被迫流浪遠方

十七世紀
漢人祖先追逐飽卵的烏魚來到這豐饒的土地
平埔族接納了他們
和他們分享大自然的賜與
這裏成為他們子孫的故鄉
紅髮的荷蘭人帶來了紅毛港的名稱
四百年的時間累積了浸漬著海味的歷史

信魚年年造訪的樂土
在二〇〇七年轟隆隆的巨響中
在遊子倉促回顧的瞬間
成為
消失的村落
據說珍貴的構件
花磚琉璃、脊頭斗拱、山牆鐵窗將被保存在材料倉庫
等待某人想起時重新組建
或者派去填補某一古蹟的縫隙
啊
解構重組總是無法復原
只能在異地的展場悲吟思鄉的戀曲

消失的村落是
消失的記憶
當洲際貨櫃中心在這塊目空一切的土地堂皇站立
朋友
如果你搭乘六十三路公車熱情來訪

眼角餘光你或將看到
傾圮的牆垣
跌碎的一粒硓砧石
粉屑在風中揚起
微不足道的存在
失去了記憶

【附記】

紅毛港，高雄港西南端的一個小漁港，為荷蘭人治台時
所建，故有是稱，曾是漁獲豐富，居民安樂的部落。
1979年即有遷村之議，但政府顢頇，一再延宕，反而使
該地因禁建且前途未卜而日益落後，至2008年6月始完
成拆遷。本詩寫於2008年12月27日，紀念一個消失的
港村。

紅樓燈影

想像曾有一個故事在此發生。

那人離去的時候，水堀頭渡口潮滿的聲音擊打著心臟。

汽笛已鳴過初響，丸輪催促著最後一個乘客。

攜手相送到圍籬，扶桑花在晨霧中不懂事地搖曳。

那個沒有自己國度的年代，

要出人頭地，只有別妻去鄉，遠赴北國陌生的城都。

紅樓的燈

從此夜夜點燃，為了

照亮那人的歸路。

如果你仔細諦聽，

每一絲光芒裏都有一聲殷望的嘆息。

【附記】

台南麻豆總爺糖廠建成於日治1912年，2006年關閉，因
廠區內有多棟富歷史價值的建物與百年老樹，被當時縣
府指定為歷史古蹟。其後並建設為總爺藝文中心。紅樓
為廠內最美觀、重要之建物，經常舉辦各種展覽。2009
年4月與林桑及友人走訪麻豆水堀頭遺址後，順道至總
爺紅樓看展，詩以誌之。

煙之鼓

> 「因為天籟難求
>
> 所以創造了這裏」
>
> ——十鼓文化村網站語

高聳的煙囱　冒出

隆隆的鼓樂聲

噴向天空

路過的雲和鳥都來探問

所有的孩子都在這裏　寫下

終生記憶的詩句

消失的車路墘製糖所

一粒前生的落果

在春泥中　伸出

千支　萬支　十字交叉的鼓槌

昔日的煙囱滾動著

大自然心跳的鼓音

【附記】

仁德糖廠前身為日治時期車路墘製糖所，2003年停工，轉型為文創區。2005年起，十鼓擊樂團租用其部分成立十鼓文化村（亦稱十鼓仁糖文創園區），為國內第一個鼓樂專屬園區，位於奇美博物館旁。2009年8月參觀後詩以誌之。

沉靜的鰲鼓

沉靜　以巨大的
森林的綠蔭般的色彩
籠罩濕地
鷺鷥
盟鷗
鸕鶿
鳥的美無聲
夕陽無聲

漁船滑過
三個躡足的訪客
一種有重量的安靜
不知名的相忘於江湖
夕照隱去後退潮的海棚
閃熾無法調繪的顏彩

湖水
菱荇

木麻黃

紅樹林

馬鞍藤

黃槿粿葉樹

血桐木

白千層

痟查某

眾生去來

鰲鼓無聲

我亦無聲

巨美無聲

讚美無聲

【附記】

記2011年8月與林桑隨同畫家詩人陳志良初訪鰲鼓濕地。

鏡象之詩（6首）
──題陳奇相畫作

1 似鏡－似境（藏頭詩）

至於昨夜裏曇花說的話
人的迷蹤情的遺落知覺的挫敗等等
之類　我們已經決定且
用拳頭指著賽德克・巴萊的畫像宣誓
心將重返邂逅的莽原
如沾著晨露的花蕊般的你　眼眸的
鏡　映照著如初初展翅的鷹般的我

應該就是這樣了
物化之後日子在擬似的情境流轉
而脫下復穿上穿上復卸下的衣服
不知該埋入地底或拋向天空
藏住我們裸身的秘密　愛人

2 鏡花水月

在腦海滋生的思念
春天的枝椏般蔓長
旋枝出牆出鏡出境
綠著
等待使季節繽紛的葉茁長
花綻放

你心的湖
也蔓長著樹般的思念
搜尋相同的成長密碼
在回眸的剎那
靈魂交會宛如宿命
枝椏的臂膀遂糾纏牽掛
履踐某種
開天闢地以來的　誓言

在光影照臨之地
我是如此之渺小
向神祇仰望之際
你是如此之渺小

這所有一切
在昨日已然發生
在昨夜已然　消逝

3 夢中夢

我是你夢中的貝殼
你是貝殼吐出的潮音

我是你夢中的紅燭
你是紅燭閃爍的光芒

我是你夢中的玉匙
你是玉匙淺勺的瓊漿

我是你起舞的影子
你是影子消逝的寂靜

我是你夢中的蝴蝶
你是蝴蝶夢中的花蕊

4 春夢－非夢

只是一場夢吧了
聽到的人都異口同聲這麼說
枝頭綻放多彩多樣的花蕊
果實豐盈　纍纍層層
生生世世供養而不匱乏

腦髓滋養最豔麗的花蕊
蝸牛的涎唾蜿蜒思念的字句
種子壓擠種子埋向土地的深處
萌長纍纍層層美麗的記掛
聽到的人都斬釘截鐵這麼說
只是一場夢吧了

但我確實有過
花香猶在　在襟在懷
在我心坎氤氳徘徊
我知我們確實有過
春天造訪
夏天升溫
秋天轉紅
冬天　我們相依在密室品賞
冒煙的咖啡　和
昨日封藏的花蕊

5 原象如相

大象團團如肉柱　　那摸著腿的如是說
大象粗平如壁堵　　那摸著腹的如是說
大象長圓如索條　　那摸著鼻的如是說

裸婦是褻瀆抑或藝術
榴槤是臭果抑或珍饈
都市是毒瘤抑或文明
落葉是垃圾抑或詩句
鳥鳴是呱噪抑或天籟

眼耳鼻舌身意　　觸法緣情
何為真實
你所見非實非虛　　是實是虛　　亦實亦虛
何為原象
你所見非象非相　　是象是相　　亦象亦相

你以蒙塵的心－雖然沒有必要
解釋一切
審判一切
瘖聾一切

6 境－原鄉

穿過長而狹窄的隧道
和著鮮血開出的花蕊
乍見明光的瞬間
生命醒來並且迸出初啼
開耳　張目
就再也回不去了

成長是一場場角力
　　　塗飾－反塗飾
　　　灌輸－反灌輸
　　　加工－反加工……

黑紅青白競逐演出的舞台　演員
爭吵為角色的份量　台詞的多寡

我們的教養日日增長我們的鼻子
我們所信仰日日糾纏我們的思髓
我們所愛戀日日腐蝕我們的心靈
我們所認知日日封閉我們的門窗
我們的擁有日日控訴我們的剝奪

是回不去了
雖然我懷念並且追尋
那在混沌中自在打坐的嬰童

【附記】

2012年元月，旅法畫家陳奇相在嘉義泰郁美學堂以「原
象如相」為題開畫展，擇其畫作六幅賦詩贈之，藉他人
酒杯，自澆塊壘。第一首行首嵌入莊子：「至人之用心
如鏡，應物而不藏。」

茼蒿花盛開的園中

那曾是深冬的軟綠
以一種愈剪愈茂密
愈傷害愈要繁衍的信念
密密地覆蓋冰冷的園圃
我曾慚愧地放下剪刀
俯身致意輕輕地摘取

茼蒿花盛開的園中
我禮敬造化的力量

供養人類蟲鳥蝸牛而有餘
在早春的暖陽下
茼蒿開出一園黃色的花蕊
似菊非菊
似葵非葵
蛺蝶蜂蛾恣意嬉戲

茼蒿花盛開的園中
我看到少女穿行草萊走成少婦的跫印

那曾是桌上的佳肴火鍋的良伴
以一種視覺的綠意味覺的甘香
而今是瓶中的繽紛
以一種梵谷向日葵的情懷喚醒沉睡的精靈
紛飛的語句奔騰的線條
在春之晨的迷霧中被堅實地捕捉

茼蒿花盛開的園中
我注視著光陰的足跡

【附記】

茼蒿會開花，花貌似單瓣菊，是早就知道的，但是住到
鄉下，才認識茼蒿花之美。左鄰右舍的茼蒿菜圃，冬天
時往往被摘得矮矮的，春天到來，吃火鍋熱潮已過，茼
蒿一株株長高含苞開花，是春日田園最美麗的風景，也
是我居室最家常的瓶插。詩寫於2012年2月28日，曾譯
為英語和西班牙語，一併附錄於後。

In the garden full of Chrysanthemum's flower

Chrysanthemum was thin green in the winter.

She grew up with strong faith.

She believed life will be multiplied even be cut or be hurt.

She put forth their blossoms and covered this cold land at
　　last.

Put down the scissors ashamedly,

I pluck the flowers gently.

In the garden full of Chrysanthemum 's flower,

I make a deep bow to salute the God.

Provide for people, worm, bird and snail,

The rest Chrysanthemum waved under the sun in the early
　　spring.

She blossom the yellow flowers cover the garden gradually.

Looked like chrysanthemum but it is not.

Looked like sunflower but it is not.

Butterfly and bee come for playing.

In the garden full of Chrysanthemum's flower,

I sow a young girl grown into a woman.

Chrysanthemum is a wonderful vegetable.

It is also a beautiful flower.

I cut a lot of the flowers and put in a vase.

Just like the painting of Van Gogh.

My soul seems to be wakened from a dead sleep.

When I watching at those yellow flowers.

In the garden full of Chrysanthemum 's flower,

I sow the footmark of the time.

——景翔譯

En el huerto floreciente de las santimonias
（西班牙語）

La planta era del color del invierno tardío,
caracterizada por el verde tierno.
Con las convicciones de que
cuanto más daño recibe, tanto más fecunda deviene,
cubriendo espesamente el huerto frío.
Avergonzada, dejé las tijeras;
me agaché con toda adoración,
a cortar afectuosamente las hierbas.

En el huerto floreciente de las santimonias,
rindo homenaje a la fuerza del Creador.

En el huerto donde se cría a los seres humanos, insectos,
    caracoles y sobra aún;
donde se abren las flores amarillas de las santimonias,

bajo el sol cálido de la primavera tempranera.

Se asemejan a las del crisantemo,

mas no lo son;

Se asemejan a las de los girasoles,

mas no lo son.

Donde mariposas y abejas juegan a sus anchas.

En el huerto de las santimonias florecientes

veo a una muchacha caminando entre las plantas

y convirtiéndolas en simples huellas de una señora joven.

Las santimonias han sido un plato exquisito y

un ingrediente excelente de la "Olla de Fuego*",

presentadas a la vista con el agradable color verde y

al paladar con un dulce sabor.

Sin embargo,

hoy se presentan como multicolores dentro de una botella,

mostrando los sentimientos de los girasoles de Van Gogh,

como para despertar a las hadas dormidas.

Frases voladoras y líneas corredoras

son capturadas con firmeza

en la niebla de la mañana primaveral.

En el huerto de las santimonias florecientes

contemplo las huellas del tiempo.

*Una tradición culinaria extendida en el Oriente Lejano. Se

coloca una olla sobre el fuego y se le va echando verdura,

carne, marisco, etc., para ir cocinado mientras comen.

最好的朋友（二帖）

我有一女一男，女兒在2011年12月29日出嫁，兒
子也在2012年6月24日完婚，女兒已給我添了三
個外孫。我雖然寫詩寫散文，卻從未公開為他們
寫過詩文，雖然我一直感謝他們使我學習獨立，
做個好媽媽，並且努力做正派的人。這是我對他
們的感恩。

1.女兒是最好的朋友——給女兒

如鏡
物象纖縷映現
什麼都不必隱瞞

如響
音聲逝去回音長在
什麼都可以交談

是花
含苞即有自性的美麗
綻放獨一無二的姿采
芳香無私獻禮大地

是果
孕育自花的包藏
落土後植根他鄉
開枝散葉更多花蕊綻放

溫柔又勇敢
內歛又閃亮
創意的發想
開放的心房

女兒　我人世最好的朋友
給我生命充實快樂與芬芳

2.妻子是最好的朋友──給兒子

男人比女人寂寞
我一向如此相信

兄弟容易鬩牆
當家產成為爭奪的標靶
夥伴輕易拆散
權力財利每每潛藏禍端
同志難免背叛
當理想分歧意識形態剛強

誰是男人可以談心傾訴的對象
誰把男人擁抱心口撫慰挫折憂傷
誰守護城堡當男人奮戰人生的沙場
誰吻去男人頰上淚珠
誰是男人襟上的鮮花

誰為男人準備了夜晚休眠的床舖
誰在風雨中堅持和男人並肩齊步

兒子啊
妻是治療寂寞最有效的藥方
妻是終生要珍惜的知心朋友

雨夜花後的奇異恩典

夜黑裡探照燈照射著柔和的光圈
舞台前白櫻綻放如逗留枝梢的雪花
億載金城中庭鋪滿豎起的耳朵
澳洲美聲歌后Hayley Westenra 的天籟美嗓
鼓動滿天小蝴蝶在耳畔穿梭

當雨夜花的歌曲響起
掌聲衝破古城的厚壁

> 雨夜花，雨夜花，受風雨吹落地，
> 無人看見，每日怨嗟，花謝落土不再回。
> 花落土，花落土，有誰人倘看顧，
> 無情風雨，誤阮前途，花蕊哪落欲如何。
> 雨無情，雨無情，無想阮的前程，
> 並無看顧，軟弱心性，乎阮前途失光明。
> 雨水滴，雨水滴，引阮入受難池，
> 怎樣乎阮，離葉離枝，永遠無人倘看見。

歌聲揣摩著台灣人的情感
略微模糊的字音也模糊了台灣人的無奈
雨夜花飛旋平靜落地
歌后唱起她的招牌聖歌奇異思典

　　奇異恩典，何等甘甜
　　我罪已得赦免
　　前我失喪，今被尋回
　　瞎眼今得看見
　　如此恩典，使我敬畏
　　使我心得安慰
　　初信之時　我蒙恩惠
　　真是何等寶貴
　　歷經艱險　勞苦奔走
　　我今來到主前
　　都是主恩　扶持保佑
　　恩典帶進永久
　　住在天家　千萬年歲

如日無限光明
時時頌讚　直到永遠
好像初唱讚美

我們在天籟般的美聲中悄悄互相牽手
祈禱著台灣這朵雨夜花在夜雨終止而
求願的陽光越過玉山峰巔照臨寶島時
雨洗滌過的花顏更顯清純簡約的美麗
夜再漫長終有盡時黝暗的隧道已通過
花即使萎落也化作春泥饋養她的根株
後白色時代的子孫將展現更炫麗燦爛
的色彩為福爾摩莎繪一幅雷諾瓦印象
奇幻漂流將結束在蔚藍海岸綠草如茵
異日如你我白頭談起這段民國的歷史
恩庇的感謝如風過萬葉颯颯飄向蒼空
典藏美麗寶島供台灣子子孫孫永寶惜

【附記】

台南在舊縣市分治時期，台南縣自1996年即始辦「南瀛國際民俗藝術節」，邀請國內外知名演藝團體到地方演出，為國內地方政府辦理國際大型藝文活動之先鋒。2012年縣市合併後繼續舉辦。2013年4月18日澳洲美聲歌后Hayley Westenra應邀在億載金城露天獻唱，與林桑前往聆賞。當Hayley以甜美嗓音唱出台灣歌謠「雨夜花」，全場歡聲雷動，接著唱她的招牌聖歌「奇異恩典」，全場又靜默地沐浴在神聖肅穆的氛圍裡。因成此詩。末節藏頭嵌入詩題，代表著我對國家前景的期望。

古巴映象（台語詩4首）

2014年4月29日至5月12日，台灣詩人九名由李魁賢先生領隊，前往古巴參加第三屆古巴「島嶼詩歌節」，我初次參加國際詩會活動，回來後成詩數首。

1 Habana五一大遊行

一個來自遙遠國度台灣的女性
伊佇古巴參加國際勞工節的五一大遊行
四週圍生份的面貌有歡樂有激動
嘩著伊聽無的口號踏著森巴搖擺的舞步
向前行向前行
行向革命廣場古巴國父馬締的紀念碑
貝多芬快樂頌的音樂聲中
獵鳶佮晴空白雲自由地飛

只有一句口號伊聽有「VIVA！CUBA！」
佇台灣太陽花黑潮的遊行隊伍中

伊嘩的是「反對黑箱！捍衛民主！」
古巴佮台灣　東西半球北回歸線上的二個島嶼國家
共款的氣候共款的四季共款的植物蔬果
共款的歷史命運　數百年受強權殖民
經過多次革命才成就一個獨立的國家
卻又受著強鄰的經濟制裁佮武力打壓

伊的國家講是民主卻是獨夫寡頭專制
人民活佇被狼群吞滅的驚惶中
過著親像無明仔載無未來的日子
只顧著眼前的利益現時的享受
伊的國家世人棄嫌是貪婪之島
古巴講是共產卻受國際尊重
人民顧尊嚴有骨氣樂觀開明
被世界呵咾是加勒比海上一粒珍珠

我佇古巴參加個的遊行
滿腹故鄉的思情

誰來拍響地動的鼓聲予臭膿的耳腔再清
誰來歕出天光的螺聲予昏沉的頭腦再醒
誰來擇起風雲的大旗予陰霾的天頂再明
我由古巴轉來　滿腹期待的心情
期待台灣的Che Guevara
佇太陽花開放的時陣誕生

【附記】

五一勞動節，在古巴這個世界僅存唯三之一（另二個
是中國和北韓）的共產國家，是重要的節日，這天在哈
瓦納革命廣場有盛大的遊行，總統在民族英雄馬締紀念
碑前發表演說。我們恭逢其盛。人潮如水，在貝多芬
「快樂頌」中往前流動，有的踩踏著騷沙舞步輕盈前
行，場面盛大感人，充滿歡快氣氛。我在三月才參加過
國內太陽花黑潮抗議服貿黑箱的活動，特別有感。本詩
有英語、西班牙語譯文，附錄於後，英文承許達然先生
翻譯，特別感謝。

May Day Parade in Havana

A woman from a faraway country named Taiwan
Marched in May 1 International Labor Day parade in Cuba.
People all around exhibited jubilation and excitement in
 their unfamiliar faces,
And chanted slogans while sambaing
To march forward
To the Monument of José Marti, the national father of Cuba,
 in the Revolutionary Square
Amid Beethoven's "Ode to Joy".
Falcons hovered freely under the clear sky.

She could merely understand the slogan "Viva Cuba !"
She had chanted "Oppose Surreptitious Operation ! Defend
 Democracy !"
Among the marching demonstrators of Taiwan Sunflowers
 Movement.

Cuba and Taiwan, the two island nations in the different
  hemispheres
Both have similar climates, seasons, and flora and
Similar historical fates colonized by dominant powers.
Cuba has become an independent state after the success of
  revolutions
Only to be bullied by neighbors' economic sanctions and
  military threats.

Her country is democracy in name but autocracy in practice.
People live in terror of being engorged by a herd of wolves
Without any prospects in sight.
Yet many others indulge themselves in personal pursuits and
  gratification,
Making it a despicable island of greed.
By contrast Communist Cuba is admired worldwide.
It has been lauded as a pearl of Caribbean Sea.

Its people are open-minded with dignity, integrity and
  optimism.

When I joined in their parade in Cuba,
I embraced thoughts for my home country wondering

Who would beat drums to stir up deaf ears,
Who would blow horns to awaken dazed brains, and
Who would raise flags to brighten the overcast sky.
Since my return from Cuba,
In earnest I have been expecting
The birth of Che Guevara at the time of blooming sunflowers.

（Translated by Wen-hsiung Hsu）

Manifestación del uno de mayo en La Habana

Una mujer desde un país lejano, Taiwán,

asistió a la manifestación del Día Internacional del Trabajo

del uno de mayo en Cuba.

Los rostros desconocidos de los alrededores estaban llenos

de alegría y emoción,

gritando un eslogan que ella no entendía,

bailando la samba.

Hacia adelante,

hacia el Monumento a José Martí, el Fundador de Cuba.

En la Plaza de Revolución,

acompañados por la música de la última sinfonía de Beethoven.

Águilas y nubes volaban libremente.

Entendía un solo eslogan "¡VIVA CUBA!".

En el desfile de los manifestantes de camisetas negras,

un movimiento social llamado "Girasol" en Taiwán,

gritaban "¡No a las manipulaciones políticas! ¡Defendamos
de la democracia!".

Cuba y Taiwán

son dos países isleños en el Trópico de Cáncer de los
hemisferios este y oeste.

La semejanza del clima, de las cuatro estaciones, de la flora,

del destino y de la historia,

colonizados por los países poderosos durante varias décadas,

pasando por distintas revoluciones,

han contribuido a convertirlos en dos países independientes.

No obstante,

han sufrido la presión militar y las sanciones económicas

de los poderosos países vecinos.

Participé en la manifestación en Cuba,

llena de nostalgia de mi país natal.

Hay quien bate tambores, haciendo temblar la tierra,

como para destaparles los oídos a los sordos;

hay quien sopla la caracola del alba,

como para despertar las cabezas somnolientas;

hay quien agita banderas de tormenta,

como para despejar de nubes el cielo.

Regresé de Cuba,

con plenas expectativas,

deseando el nacimiento de un Che Guevara de Taiwán,

a la hora del florecimiento de los girasoles.

2 我將詩句掖佇古巴

Cienfuegos夜港邊

用母語唸出我對故鄉的懷念

各種膚色的詩人予我熱烈的掌聲

雖然個聽嘸我詩的意義

我相信個知影我詩的感情

因為每一個人攏有思戀的故鄉

Holguin 拉丁美洲之家的下晡
用母語唸出我期待台灣奮起的心聲
少年老年的詩人予我熱烈的掌聲
雖然個聽嘸我詩的內容
我相信個會當體會我的熱情
因為每一個人攏有伊熱愛的國家

Ciego de Avila西班牙式典雅建築的中庭花園
溫柔的燈下用母語唸出女性孤夜的心境
外口大路一直傳來馬車喀達喀達走過的聲音
親像應和在座男女詩人一陣一陣的掌聲
我相信個會當了解我詩的心事
因為每一個人心肝內攏有一個思慕的形影

Habana惜別的黃昏
用母語輕聲卻清楚唸出我的夢
十幾個國家的詩人目睭露出彩色的光芒
雖然個怀知影我畫的是啥麼夢

我相信個的畫筆也是佇心版起起落落
因為每一個人攏有伊等待實現的夢想

我佇古巴用我深情的語言唸詩
我將詩句掖佇遙遠的國度

【附記】
古巴「島嶼詩歌節」期間，詩人團體分別在古巴幾個大
城市Cienfuegos、Holguin、Ciego de Avila和Habana留宿
及進行念詩會活動，與地方詩人交流。我盡量選念台語
詩，因為用母語念詩，是最能表達感情的。由於語言不
通，詩的內容意涵在這樣的場合中不具意義，但有音樂
感的詩，透過詩人聲音的詮釋，反而輕易撥動心弦。

3 古巴掠影

自遙遠的島國轉來以後
時常恬恬坐落勾開記憶的窗帘
啉一杯Mojito採訪海明威的心事

攪來一杯咖啡輕輕攪動厚厚的芬芳
淡薄的雲煙繚繞空氣中　鋪排
一場詩的盛宴　佇古巴

鐵刀木、黃槐的黃花
白色紫色粉紅的風鈴
一樹結實纍纍的檨仔
每頓桌頂熱情的西瓜
二个北回歸線通過遙遠相對卻未當相見的島國
古巴佮台灣　有共款的景緻佮樹木

數百年的古典建築
半世紀猶得駛用的老爺車
曝佇厝頂前庭後院的一家人的衫佮鞋
坐佇門口就著日頭做針黹的阿婆
大樹腳團團坐佇開講的大人囡仔
佇古巴　我懷念細漢時的台灣

古巴轉來以後

雖然無吃菸　夜深人靜

雪茄也是將伊點起

厝內充滿記憶的香味

不單是雪茄和咖啡的鬱香　更加是

人民樂觀有尊嚴有骨氣的　台灣欠少的香味

古巴轉來以後

滿腹寫詩的心情

【附記】

古巴有四種香味令人懷念：咖啡香、雪茄香、文化香和
人情香。在行囊中帶回來的只有咖啡香和雪茄香，但最
縈念的則是文化香和人情香。

4 Havana港邊小酒館

寂靜　熟悉又攔生份的寂靜

　　　街面沒人行踏的寂靜

　　　　　家鄉庄頭入夜的寂靜
　　　　　異鄉路燈黯淡的寂靜

雙人　行入生份的寂靜
　　　　行出熟悉的親密
　　　　行入歌聲燈影的酒館
　　　　行出一逝難忘的腳跡

對飲　抹著鹽粒的秤鎚酒杯冒出冷冽Martini的汗珠
　　　　淡薄仔藪淡薄仔芳
　　　　鬱金香酒杯中金黃的Bier有一種故鄉熟悉的婿色
　　　　心情是海港的波浪

彼暝　雙人佇Havana港邊小酒館
　　　　對飲
　　　　唎著
　　　　十五年前淡水海垟的情味

【附記】

在哈瓦那的最後一夜，本來安排一個觀劇節目，因故取
消，大夥改往海濱散步。林桑與我依偎踅進小巷，在一
家有樂團駐唱的小館對飲，因成此詩。

智利詩旅（4首）

繼台灣詩人前進古巴，2014年10月8日至20日，
台灣詩人十名又在李魁賢領隊下飛行36小時遠赴
智利參加「循詩人軌跡」詩會活動，參訪詩人故
居、墳塋及紀念館等，特別是二位諾貝爾獎的智
利詩人蜜絲特拉爾和聶魯達的相關文物和建築。
啟發甚多，感動亦多，成詩數首。

1 給船長的信－致聶魯達

懷揣二十首情詩啟碇遠航
愛情短暫而遺忘太長[1]
從荷蘭到法國到阿根廷
在愛情海飄盪流浪停泊啟航
最終回到智利的家鄉
一百首愛情十四行詩
在黑島長成一座莊園
在愛你之前我一無所有[2]

這不是你要的共產黨吧⁽³⁾

是的，共產黨共了人民的產

人民失去祖先的土地

人民失去自己的思想

人民，是工作的蟻蜂

奉獻犧牲之後

空空地　實實在在空空地

什麼也不能帶走地　走開

是否整個世界

海　天空　雲雨……

是另一樣事物的暗喻⁽⁴⁾

是否郵差

也會將我的信送達

循你的足跡

走踏你的家你的墳你的天空

我在你的沉默中靜默⁽⁵⁾

如一棵被狂風暴雨清洗的裸樹
向大地俯首　思索暗喻的意義
船長你說
枝椏滴落的是旱季的淚水或是
從冰封中重新緩緩流動的血液

【附註】
(1)(2)(5)為聶魯達詩句；(3)聶魯達為共產黨員；(4)引自
以聶魯達避居義大利小島為主題之電影《郵差》。

2 記得曾給你寫一首詩──致蜜絲特拉爾

記得曾給你寫一首詩
在你永遠躺下的地方
南半球的五月颳起北半球的秋風
被夕陽拉長的影子蕭瑟
紙灰紛飛似尋芳蝴蝶
蒲公英花絮飄颺似雪

蝴蝶顫抖在酢漿草尖
雪花落在遙遠的他鄉
寫在曠野的詩句
隨風俱散

給你寫過的詩句已經忘卻
也許只有一個有意義的字
和信手的許多塗鴉
塗鴉
為了隱藏只有你明白的那個字
明年夏天如果你躺下的地方
鋪滿紫紅色酢漿草花和黃色蒲公英
那是我
帶著斑斕的回憶
遠渡千山萬水的造訪

3 我來念詩互汝聽（台語詩）

一个人　一支筆
一个人　一首詩
筆佇是槍　詩佇是槍籽
只是深夜向火車哮吠的狗聲
被風一吹就漸漸消失
無人聽見　無人注意
狗垂頭夾尾轉去䠡佇黑暗的厝腳

一个人　一支筆
一个人　數十百首詩
筆著是槍　詩著是槍籽
向天鳴響　烏雲嚇驚面色轉白
向地鳴響　毒蛇鼠蟲紛紛走避
純淨的心　讀詩的人
綴著槍聲　向前行

足濟人　足濟支筆
足濟人　足濟首詩
筆著是海螺　詩著是交響的螺聲
一聲又一聲　一个所在又一个所在
一陣又一陣　一个時代又一个時代
一層又一層　疊起一間咱信仰的教堂
一波又一波　建立一個無邊境的世界

所以　蜜絲特拉爾　聶魯達
綴著恁的腳跡
我來到恁的國家
念詩互汝聽　加入汝的行伍
做一粒　詩的槍籽
向不義的人間發出
正氣的槍聲

4 時間之謎

時間究竟站在哪一邊
我不知道
是一棵樹？或者一朵花
一棵不會行走的樹？
一朵隨風旅行的花？

一棵樹不會行走
人聚集在他巨傘下休眠講古
當他老去朽腐
不似大廈傾倒土礫一堆
而是一則不斷被覆述的傳奇
蜜絲特拉爾、聶魯達的大樹
碧綠或者金黃的葉片　猶在
繼起詩人的字裡行間　紛飛
一如陸沉的亞特蘭提斯
不斷被尋寶人探訪挖掘

花隨風旅行

懷裹著大樹的種籽

花是樹的女兒

樹是花的前生與來世

樹或者花

恆久或者短暫

時間，都昭示了他們存在的意義

已經不會行走的人定根成樹

我是來自樹而隨風旅行的花

大埔也有我的回憶

從竹南大埔嫁到頭份土牛的一個婦人
我叫她阿母
因她生下六個子女中的屘囝
成為我的丈夫
多次，在我由城裡回到農庄
阿母帶著我還有我的子女她的孫子
從土牛去到更鄉村的大埔
那裡有多位我的阿舅、阿妗、阿姨、姨丈以及
數不完也認不清的表兄弟姊妹、表甥、表表……

土地餵養農戶，是農戶的母親，農戶的信念
2010年6月9日夜半，怪手偷偷開進大埔稻田裡
辛苦耕耘一季即將熟成的稻禾一團團被連根剷起
苗栗縣政府指揮著警察將抗議的土地所有人蠻橫驅離
8月3日大埔一個73歲的老婦人，她叫朱馮敏
喝下毒殺病害蟲的藥劑倒在她的土地上沒有了氣息
她也許是我阿母的手帕交，阿舅的鄰居

如果阿母沒有出嫁到外地
阿母是否一樣剛烈為護衛應有的權益？

人們在縣長公館撒冥紙潑漆
人們向縣長丟出雞蛋臭鞋子
人們稱劉政鴻縣長狗官、惡霸、土皇帝
人們繪一幅「既是家就讓它圓滿」的圖
在五層樓張藥房的牆壁，縣長不睬不理
而人民的土地依舊被變更被豪奪被竊取
2011年5月31日竹南地政事務所賴主任
僵硬躺在龍鳳漁港消波塊上留下一團謎
漫長的訴願凸顯政府不公不義和官官相護惡習
張藥房最終殘餘滿是風霜的一堵斷垣殘壁
2013年9月18日張藥房老闆成為排水溝內一具大體

2015年5月13日最高行政法院判決政府應發還土地
這遲來的正義沒有人欣喜
死去家長的家庭益添悲感

被迫遷移轉業的農戶面對的是凌虐後陌生的土地
過往父祖安祥的生活如何在破壞後延續
長期抗爭積累的怒氣如何不動聲色平息
違法的真相沒有被追究就不是真正的公理
施虐者沒有受懲罰就不是真正的正義
我的子女身上流著這塊土地的血液
大埔事件，請公布真相，我的孩子需要完整的記憶

【附記】

2010年苗栗縣政府以興建科學園區名義，強徵民地，暴發長達數年的抗爭，甚至發生民夫民婦死諫之不幸。事件中有多個民運團體參加，將台灣的民主運動推向另一高峰，導致2014年3月太陽花運動，進而影響是年11月的地方首長與議會代表之選舉，及2016年的總統和立委選舉，國民黨在這兩次選舉中全面覆敗，開啟民主台灣進入新紀元的契機。詩成於2015年6月初。

銀紀元年

生日那天女兒在Robin's訂了一席鐵板燒
兒子媳婦從北部回來帶著禮物
牽手送我一套適合高齡有福婦人佩戴的華麗首飾
出生才一個多月的Eva躺在她的搖椅
好奇地轉動圓亮的眼睛
我向來探望新孫女的義大利親家母說：
今天起我在台灣是有照的老人了

像獎狀般欣喜地保留著首張台北來回半價高鐵票
領取了敬老市民卡
可以免費搭乘市公車
免票進出售票參觀的市有公共建物園囿
記得曾站在講台上對學生說：
要立志活過五十，生命的重要事項會重新排序
新的志願是活到七老八十
領會隨心所欲不逾矩的新境界

做了個夢

在夢的公園裡

一群老人在爬樹，獨自，成雙，或者帶著孫孩

有一個老太太帶著一對孩童爬坐在最高枝

笑聲隨風傳遍整座公園

枝葉都發出輕顫的回響

我走近看

發現那是我，四歲的Noemy和二歲的Gulio

【附記】

2015年起進入台灣公認的老人行列，生命進入新紀元，
滿心歡喜，感謝上蒼，感謝所有緣會和有情世界。詩成
於2015年8月。

我們需要（3首）

　　2014年連續參加了拉丁美洲古巴和智利的二個國
際詩歌活動，回來後常反思國內政治、社會現
象，就像常自問：我真正需要的是什麼？我也
問自己：這個國家需要什麼？並且給了初步的
回答。

1 我們需要一首歌

有一首歌
聽過就無法忘記

遙遠智利港市Los Vilos十月的夜晚
Quilapayun樂團壓軸唱出
El pueblo unido jamás será vencido
團結的人民永遠不被擊潰
溫柔的夜空降臨一朵剛勁的太陽花

我們需要一首歌
讓人們聽到時流下振奮的淚水
讓人們流著振奮的眼淚擁抱在一起
讓人們勇敢在一起爭取應得的權利
讓平等正義不再是口號而是實際
是一朵玫瑰即使有刺仍然可以傾身摘取

我們需要一首歌
在前進時手牽著手高吭唱起

2 我們需要一個詩人？

我們需要一個凱恩斯或者哈耶克^{（註1）}
用顯微鏡翻撿斃殺四處竄爬的蠱蟲
在乾旱的土地上重新種起經濟的大樹
讓公園再度蓊鬱紙鈔流動的美妙聲浪
我們需要更多許文龍張忠謀更多工廠
讓年輕人流汗工作離開針筒酒廊

五一勞動節慶典會場
有人對著麥克風嘶吼他每年重複一次的主張

我們需要一個約翰‧洛克[註2]
相信取得人民的付託才能建立合法的政府
讓權貴不再輕易通過血統獲得土地財利
讓貧窮不再被視為種姓，不該世代輪迴
我們不需要柏拉圖[註3]
在德行微渺難測的年代
貴族政體絕非理想國的妙諦
公園裡輪番站上肥皂箱的不論男女
對抗著滿園舞曲歌聲這麼疾呼

我們需要一個泰戈爾、葉慈或者聶魯達[註4]
讓國家的名字彰顯在世界的文壇
讓福爾摩莎被傳揚因為美好高尚的文化
我們需要更多賴和、吳濁流、陳冠學、葉石濤
讓書架上也充滿寶島的芳香

讓孩子有自己星系的光芒可以仰望
升起自己的月亮自己的太陽
每次詩人會聚時
總有人要這樣夸夸地講

我們需要更多的蔣經國
我們需要更多的蔣渭水
我們需要更多的陳定南
我們需要⋯⋯⋯⋯⋯
每次選舉都有人散布著這樣的耳語
難道我們需要更多政客
難道我們被政客害得還不夠？
我想
我們需要一個東方的安格拉‧梅克爾^(註5)

【附註】

（1）凱恩斯（John Maynard Keynes1883－1946），英國經濟學家。主張政府應積極扮演經濟舵手的角色，透過財政與貨幣政策來對抗景氣衰退乃至於經濟蕭條。

哈耶克（Friedrich August von Hayek，1899－1992）英國經濟學家，理論與凱恩斯相悖，主張自由市場資本主義。

（2）約翰・洛克（John Locke，163－1704），英國哲學家，主張政府只有在取得被統治者的同意，並且保障人民擁有生命、自由、和財產的自然權利時，其統治才有正當性。

（3）柏拉圖的理想政體模式是依靠德性，建立在知識和真理之上的貴族政體。

（4）泰戈爾（印度）、葉慈（愛爾蘭）、聶魯達（智利），皆為諾貝爾文學獎詩人。

（5）安格拉・梅克爾（Angela Dorothea Merkel，1954－），2005任德國總理迄今，為東西德合併後首位女總理。

3 我們需要一座碑

有一種碑
標幟著國家的誕生成長
象徵著國家的人格高度
看過就嚮往
聳立在一個大廣場
彷彿預留空間讓人們站在一起佇足翹望

阿根廷布宜諾斯艾利斯1815年5月25日種下這座碑
1884年12月6日美國在華盛頓砌起這座碑
雖然遲到百年
墨西哥城在1910年9月16日揭幕了他們的獨立紀念碑
聖保羅也在1922年豎立起巴西獨立紀念碑[註]
1958年柬埔寨金邊有了獨立紀念碑
1968年印尼雅加達有了民族獨立紀念碑
1982年孟加拉也豎立起一座碑
　　　紀念犧牲300萬人得來的真正獨立

2014年5月1日清晨，站在古巴哈瓦那革命廣場
週遭洶湧著參加五一國際勞動節的人潮
隨著貝多芬快樂頌的音樂盪漾前進
匯流向高聳109米的荷西・馬締紀念碑
這位在1895古巴獨立戰爭中犧牲的英雄詩人被永誌懷念
1902年美國假承認古巴獨立之名行掌控古巴政權之實
1959年卡斯楚、切格瓦拉推翻傀儡政府
1961年美國與古巴斷交並以強大武力財力進行全面封鎖
古巴從此成為清貧削瘦的國度
2015年7月20日子夜鐘聲響過
哈瓦那的美國大使館掛上星條旗重新開啟大門
美國國務院大廳豎起收藏五十多年的古巴國旗

世事如棋局局新
偉人可能轉眼成罪人銅像被推倒
449米高的101大樓可能傾圮在歷史的亂草堆中
絕塵立於玉山之巔的偶像碑銘也會漫漶磨滅
有一種碑

紀念著外族異國統治的結束
標識著民主自由抬頭挺胸的開始
那是我們需要的一座碑
一座獨立之碑！

【附註】
墨西哥和巴西都是在獨立建國百年後才建造獨立紀念碑

【附記】
本組詩寫於2015年6至9月，台灣四年一度的總統暨立委
選舉已戰鼓鳴響，次年1月16日結果揭曉，蔡英文率領
的民進黨大獲勝，出身2014年太陽花學運的「時代力
量」黨也大有斬獲，壟斷台灣政壇逾七十年的國民黨終
於淪為在野黨。期許蔡英文成為台灣的梅克爾，引領台
灣展開真正民主公義的政治新局。

九月的貴客
——記2015台南福爾摩莎國際詩歌節

在颱風與颱風之間
在霖雨與霖雨之間
在登革熱肆虐之際
詩人們從世界各地來到府城以詩會之名義

留你們的名在我的詩裡
以紀念這創世紀的際遇

阿根廷的Augusto Enrique Rufino，有銀白的髮和
　　　紳士派頭的髭鬚
智利的Luis Arias Manzo精力充沛，
　　　走到哪都像他的光頭一般閃亮
　　　他是世界詩人運動組織創辦人
　　　2015台南福爾摩莎國際詩歌節舉辦成功的靈魂
哥倫比亞的Maggy Gómez Sepúlveda是詩人也是舞者，
　　　她是Luis的妻
哥倫比亞還有幽默風趣的Mario Mathor
　　　總是戴著帽子一臉開朗笑容，他在學華文華語

　　　一首用中文寫的「飛吧」，博得滿場詩人喝采
中國籍的朝歌來自寓居的新加坡，帶著青春的女兒
　　　她喜歡在手機寫詩，即席念詩有如舞台的巨星
秀實來自香港，有台灣身分證，不想被稱中國人
薩爾瓦多的詩人Oscar René Benitez其實住在美國
　　　風度翩翩且隨行美麗親和的妻
　　　他要每位詩人在他的T恤寫下自己的名字
　　　這紀念的方式在詩人間傳布
印度這回來了三位詩人
SK Mukherjee是一位管理學家詩人，散發學者氣息
Ashokchakravarthy Tholana沉默寡言卻總在需要時
　　　熱心站出來支援
比Ashokchakravarthy沉默的是他形影不離的朋友
Korudu Amareshwar
　　　他說著印度少數民族語，只有Ashokchakravarthy能傳
　　　譯，他們是素食者，我曾和他們同席
　　　機場送別時，我在他們襟上別了一只祝福吉祥的土
　　　耳其薄禮

Ashokchakravarthy回國後傳來一張自製的謝卡供我珍惜
牙買加詩人Malachi Smith是一位歌者表演者，總是瞬間
　　炒熱氣氛
Kae Morii來自日本，內斂而又熱情，有很好的素描功力
墨西哥女詩人Margarita García有女兒隨行照顧，氣質有
　　詩意的雍容

其他國內詩人我就不一一提及
但我特別感謝你們的參與
是你們
使我參與推動執行的這場詩會對台灣有了實質的意義
在秋風揚起的九月
我們美麗相遇
一起參訪、念詩
一起見證確實有些東西可以無國界可以無遠弗屆

【附記】

2014年5月林佛兒在參加古巴「島嶼詩歌節」期間，有了一個念頭：可以在台灣也辦一個類似的詩歌節嗎？與經驗豐富的李魁賢討論，咸認可行，於是試探世界詩人運動組織（Movimiento Poetas del Mundo 簡稱PPdM）創辦人也是現任秘書長的智利詩人Luis Arias Manzo之意願，表示樂觀其成。回國後林佛兒即向台南市政府文化局提出舉辦國際詩歌節之構想，徵得同意。10月間再赴智利參加「島嶼詩歌節」詩會活動，正式向Luis Arias Manzo提出邀請，獲得同意作為該組織在亞洲的第一場國際詩會。2015年9月1日至9日台南福爾摩莎詩歌節舉辦成功圓滿，獲參與之國內外詩人一致讚譽。詩歌節由台南市政府文化局主辦，李魁賢為策劃人，林佛兒為執行長，李若鶯為執行幹事。

致×

我空著一張椅子　給你
但是你始終不來
為認識自己　有人說
我必須先認識你
寂寞啊　你始終不來

我空著一張椅子　給你
但是你始終不來
為不枉此生　有人說
我必須先結交你
愛情啊　你始終不來

我空著一張椅子　給你
但是你始終不來
為實現自己　有人說
我必須先實現你
夢想啊　你始終不來

我空著一張椅子　給你
你來或不來
花鳥風雲　有誰介意
春夏秋冬　來來去去
那姍姍行來的　是自己

【附記】

在一本書中讀到，生命如果是一張椅子，坐在上頭的是
誰呢？這是佛學中關於「我是誰」的命題。這首詩問的
則是我們在期待什麼？寂寞使人成長，愛情使生命華
麗，夢想使人生充足⋯⋯但也許保留一張空的座椅，任
那個什麼自由來去，才是存在的真諦。65歲生日後作。

Emotion
──新春三帖

1 歡喜－0116 民主勝利（台語詩）

親像一蕊夜瓊花
怀管天色黯澹
恬恬開，恬恬芳
恬恬媠
台灣人的 Simbol

彼一暝
羊年的晚冬十二月初七
2016年早春一月十六日
霎霎仔雨，冷冷仔風
全台灣的瓊花
攏總展開純白的花瓣
佇風雨中
攑起一葩一葩光明的燈火

佇有刺的葉欉內開放的花蕊
特別媠，特別芳
特別感動人
無星無月何妨
點著堅情的燈一直到天光

2 捨離－0203 大兄往生

死神越境現身
來到記憶的蓮霧樹下
大兄坐在粗如大腿的高枝
採摘一串串淺綠如當時年華的蓮霧
因為種在院子是自家的
那不是我們愛吃的水果
但果核可以用做水槍的子彈
我們撿起大兄投擲的蓮霧
敲碎取出一粒粒裹著紗幬的果仁

死神來到，沒有敲鐘
隱身清晨霧中
看不清他的神色是猙獰抑或慈悲
他舉起手杖
大兄從夢中的蓮霧樹躓墜
再沒有人為弟妹摘取水槍的籽彈
一個男人倒下在晾衣架下
沒有多餘的痛苦
沒有一句話留下

死神轉身，揮揮衣袖
像黑夜來到又離開
像燈亮過已然熄滅
一個男人不留一句話走開
一蕊薔薇香過枯萎
一聲雲雀唱過喑啞
一陣腳步聲自遠及近又逐漸消逝
妳確確實實嗅過芬芳聞過嗝啾

看過光芒且諦聽過穩重的鏗響
走道而今闃寂無人，只除了哀傷

3 感感－0206 台南地震

半夜驚醒
不因夢魘
卻希望只是惡夢一場
一場被海浪捲起復重重拋落的惡夢
希望醒來世界平靜一如往常
希望我居住的城市
沒有大樓倒塌
沒有軀體在瓦礫石塊中傷殘
沒有人痛失親人且在病床上哀嚎輾轉

大樓崩倒如頑童踢翻積木
互相擁抱的夫妻、情侶、親子冰冷蜷縮石礫中
救護車呼嘯奔馳永康的街道

不是因為地震無情

無情的是失去天良的建商

無情的是枉顧責任的公務員

他們秒殺我的鄰居同胞一百多人死亡

天地有仁　請

撥開他們偽善的乾淨之手

讓我們直視那齷齪的心腔

【附記】

2016年新春，心情像經歷三溫暖，由至樂到極悲。1月
16日晚上大選結果揭曉，民進黨主席蔡英文當選總統，
民進黨與友黨時代力量合併獲得立委三分之二席次，台
灣的政治轉進新局，光明可期，長年鬱結在惡劣政治氛
圍中的心情頓時舒解，一種要和同道「千杯」慶祝的歡
快洋溢胸次。元月底，和林桑去孟加拉參加詩會，2月
4日人在達卡，接到兒子以line傳來惡耗，大兄猝逝，得
年僅六十九。2月5日回國即往高雄弔祭，不料當晚半
夜，在因思念大兄轉側不寧的寢夢中，我居住的城市台
南遭逢數十年未有之大地震，永康大樓倒塌，死亡逾
百，心情慘絕。詩成於二月中。

含笑詩叢06　PG1496

 謎・事件簿
　　　——李若鶯詩集

作　　者	李若鶯
責任編輯	林千惠
圖文排版	周妤靜
封面設計	王嵩賀

出版策劃	釀出版
製作發行	秀威資訊科技股份有限公司
	114 台北市內湖區瑞光路76巷65號1樓
	電話：+886-2-2796-3638　傳真：+886-2-2796-1377
	服務信箱：service@showwe.com.tw
	http://www.showwe.com.tw
郵政劃撥	19563868　戶名：秀威資訊科技股份有限公司
展售門市	國家書店【松江門市】
	104 台北市中山區松江路209號1樓
	電話：+886-2-2518-0207　傳真：+886-2-2518-0778
網路訂購	秀威網路書店：http://www.bodbooks.com.tw
	國家網路書店：http://www.govbooks.com.tw
法律顧問	毛國樑　律師
總 經 銷	聯合發行股份有限公司
	231新北市新店區寶橋路235巷6弄6號4F
	電話：+886-2-2917-8022　傳真：+886-2-2915-6275

出版日期	2016年5月　BOD一版
定　　價	290元

國家圖書館出版品預行編目

謎.事件簿：李若鶯詩集 / 李若鶯著. -- 一版. -- 臺北
市：釀出版, 2016.05
　　面；　公分
　BOD版
　ISBN 978-986-445-097-8(平裝)

851.486　　　　　　　　　　　105003393

讀者回函卡

感謝您購買本書，為提升服務品質，請填妥以下資料，將讀者回函卡直接寄
回或傳真本公司，收到您的寶貴意見後，我們會收藏記錄及檢討，謝謝！
如您需要了解本公司最新出版書目、購書優惠或企劃活動，歡迎您上網查詢
或下載相關資料：http:// www.showwe.com.tw

您購買的書名：＿＿＿＿＿＿＿＿＿＿＿＿＿＿＿＿＿＿＿＿＿＿

出生日期：＿＿＿＿＿年＿＿＿＿＿月＿＿＿＿＿日

學歷：□高中 (含) 以下　　□大專　　□研究所 (含) 以上

職業：□製造業　□金融業　□資訊業　□軍警　□傳播業　□自由業
　　　□服務業　□公務員　□教職　　□學生　□家管　　□其它＿＿＿

購書地點：□網路書店　□實體書店　□書展　□郵購　□贈閱　□其他

您從何得知本書的消息？

　□網路書店　□實體書店　□網路搜尋　□電子報　□書訊　□雜誌
　□傳播媒體　□親友推薦　□網站推薦　□部落格　□其他＿＿＿＿＿

您對本書的評價：(請填代號　1.非常滿意　2.滿意　3.尚可　4.再改進)

　封面設計＿＿＿　版面編排＿＿＿　內容＿＿＿　文／譯筆＿＿＿　價格＿＿＿

讀完書後您覺得：

　□很有收穫　□有收穫　□收穫不多　□沒收穫

對我們的建議：＿＿＿＿＿＿＿＿＿＿＿＿＿＿＿＿＿＿＿＿＿＿

＿＿＿＿＿＿＿＿＿＿＿＿＿＿＿＿＿＿＿＿＿＿＿＿＿＿＿＿＿＿

＿＿＿＿＿＿＿＿＿＿＿＿＿＿＿＿＿＿＿＿＿＿＿＿＿＿＿＿＿＿

＿＿＿＿＿＿＿＿＿＿＿＿＿＿＿＿＿＿＿＿＿＿＿＿＿＿＿＿＿＿

11466
台北市內湖區瑞光路 76 巷 65 號 1 樓

秀威資訊科技股份有限公司　　　收

BOD 數位出版事業部

....

（請沿線對折寄回，謝謝！）

姓　　名：＿＿＿＿＿＿＿＿＿　年齡：＿＿＿＿　性別：□女　□男

郵遞區號：□□□□□

地　　址：＿＿＿＿＿＿＿＿＿＿＿＿＿＿＿＿＿＿＿＿＿

聯絡電話：(日) ＿＿＿＿＿＿＿＿＿＿　(夜) ＿＿＿＿＿＿＿＿＿＿

E-mail：＿＿＿＿＿＿＿＿＿＿＿＿＿＿＿＿＿＿＿＿＿